Anto

Je, Pacadis

Éditions Nemausus

« Le hasard est, pour certains, un ordre comme les autres. »

« Un monde en chevauche un autre, et je suis celui qui se trouve exactement entre les deux. »

« D'une première rencontre avec Alain Pacadis on gardera, je crois, une impression d'effondrement intérieur, de délabrement généralisé. Voyez cette silhouette qui s'avance, pareille à la dérive d'un accordéon fou. La tête est obstinément portée de guingois. Et les pieds, qui marquent deux heures moins vingt, confèrent à la démarche une vocation particulière : celle d'un défi constant aux lois de l'équilibre. »

Yves Adrien

À la Nuit, cette déesse.

À tous.

Partie 1

Les lumières du désert

Chapitre 1

Chez soi

Vingt-trois heures cinquante-neuf. À la bordure du temps, à la fin de la journée. Sur le fil. Au fin fond de la plus longue des journées. Le moment où tout change, l'instant où tout bascule. Dans une minute il sera déjà demain, et le temps continuera de passer à une vitesse incontrôlable. Je suis assis sur le sol. J'entends le tic-tac dans ma tête, tic pourtant c'est un réveil digital qui donne l'heure tac ; le rouge vif déchire le silence noir de la pièce pour atterrir sur le mur en face, en version floutée. Une vie est une longue journée entrecoupée de quelques nuits, dont on se souvient parfois.

Vingt-trois heures cinquante-neuf, dans moins d'une minute déjà il sera minuit ; le jour se lève beaucoup plus tard pourtant. Je me demande pourquoi il n'y a pas de correspondance entre le début de journée et le lever du soleil, ce qui au fond paraîtrait logique, et j'en arrive à me dire que tout avait été prévu pour que les hommes puissent un peu profiter de la nuit. Les choses ne sont pas faites au hasard. Enfin pas toutes. Ceux qui le désirent peuvent en profiter. Ce n'est pas tout le monde qui passe ses nuits dehors. Il reste encore un tas de gens que je n'ai jamais croisé dehors, la nuit. Ils doivent bien être quelque part, ceux-là.

Vingt-trois heures cinquante-neuf, il doit rester encore un peu de temps avant que les quatre chiffres ne changent d'un seul coup, brusquement, violemment, en laissant leur place au quadruple néant. C'est le moment où tout recommence, l'heure du phénix, et pourtant, on n'est jamais vraiment dans le jour d'après, toujours un peu dans le jour d'avant. Y a-t-il eu une seule journée qui ait été pour moi la journée d'après ? Il doit rester encore un peu de temps avant que minuit ne s'impose ; comme un gosse je pense que chaque minute fait soixante secondes, mais le temps est une surprise qui claque des doigts : on voit l'heure mais il est impossible de savoir s'il reste dix, vingt ou trente secondes avant que n'arrive la minute d'après. Et puis on finit par se la prendre en pleine gueule. C'est un peu ça le temps ; on patiente jusqu'à ce qu'il soit trop tard, et à un moment donné, on finit par regretter tout ce qui s'est passé.

Alors, quand l'heure change plus vite que dans nos calculs, on a l'impression d'être trompé. On a l'impression que tout cela est normal au fond, puisque tout le monde passe sa vie à se foutre de nous. Vivre la nuit. Survivre pendant la nuit pour espérer voir le jour d'après, le soleil suivant. Ç'aurait été plus poétique d'avoir un Dieu qui change de soleil chaque jour, plutôt que nous laisser un vieil astre inlassable mais s'épuisant. Il aurait pu le décrocher, le pendre à un cintre, dans l'armoire des soleils consumés. Là où les astres reposent sans fin, jusqu'à briller de nouveau. Nous avons un Dieu, c'est sûr, je l'ai croisé, mais c'est un Dieu de l'ennui, et nous vivons dans ses yeux jaunes. Il est comme nous, il a certainement peur du noir ; j'ai une théorie : les noctambules sont des gens qui n'ont pas réglé leurs soucis d'enfance, ils dorment la lumière allumée jusqu'à leur dix-sept ans et manquent de confiance en eux. Je ne sais pas si on peut généraliser à ce point, peut-être que mon propre cas ne peut pas s'adapter à toute la population. Peut-être que c'est autre chose, une autre raison qui nous échappe à tous et qui fait qu'on n'a pas le choix, que le noir nous fait peur parce que c'est ce qui rempli le vide, parce qu'on est privé d'un de nos sens.

Minuit. Ça y est. La lune au-dessus nos têtes, au zénith. Auréole argentée, reine du royaume des ombres nocturnes. Minuit, au centre de nos vies. Assis sur le sol, plutôt affalé, je suis incapable de me rappeler depuis combien de temps

7

je suis comme ça, dans la position de l'homme flingué par la fatigue. Je viens de rentrer ou j'allais sortir ? Je n'en sais rien. La question s'évapore au milieu de toutes mes angoisses, mes tremblements et ma fièvre. Dina n'est pas là. Parce que je ne la vois pas. Aucun bruit ne me signale sa présence dans l'appartement. J'essaie de l'appeler, ma voix est de toute façon trop faible. Seul. Je plaque ma main au sol, une tentative pour me relever, je rapproche mes jambes pour essayer de me donner un peu de force, je m'appuie légèrement ; je reste désespérément cloué sur ce parquet froid et poussiéreux, sans pouvoir retrouver la position verticale. La fenêtre en face de moi, dans l'immeuble d'en face, s'allume et diffuse une lumière rassurante ; un peu en hauteur, elle crache des rayons d'espoir et me permet de me concentrer sur autre chose que sur tout ce qui repasse en boucle dans ma tête. Images et bruits associés dans une danse infinie. Tout tourne, c'est dingue ; tout tourne et je me souviens de tout un tas de trucs qui se sont passés au cours de ma vie. J'en suis au point où je me demande si j'ai fait plus de bien que de mal ; je pèse le peu de pour et surtout le contre ; puis j'en viens à me dire que si j'ai fait quelque chose, de bien ou de mal, ce serait déjà ça de gagné. Une trace laissée. Peut-on traverser une existence comme on traverse un désert ? Et toujours ce vent qui vient nous empêcher de laisser notre marque dans le sable. La vie. La tâche parait bien difficile. J'ai parfois l'impression de n'avoir traversé qu'une rue et encore, percuté avant d'avoir atteint le trottoir opposé. Parce que forcément on fait un truc bien à un moment, je veux dire, on nait. Au moins ça. Et forcément à un moment donné on fait une connerie, on dit des trucs, on laisse partir des gens qu'il fallait retenir, ou on prend des substances qu'on aurait dû jeter dans le caniveau, avec les mégots mal éteints de cigarettes.

Quand j'arriverai devant Dieu, le Patron, Lui, le Juge, le Faiseur, le Défaiseur, le Rêveur, l'Inrésigné, le Désespéré, le Disparaissant, le Dissipé, le Seul, le Partout, le Passeur, l'Inconnu, le Solitaire, l'Étoile ; j'espère qu'il sera juste et bon avec moi ; j'espère qu'il fera bien les comptes et qu'il oubliera pas une ligne (en plus ou en moins) sur mon compte. J'essaierai quand même de me défendre, de lui dire que j'ai fait du mieux que je pouvais. J'essaierai d'être mon meilleur avocat, d'avoir une parole dorée et juste. Je pense qu'il comprendra, et qu'il appréciera l'effort. Là-haut, il parait que les anges écoutent du Joe Smooth sur des tourne-disques en cristal et qu'ils se shootent à la poussière de nuage ; au pire j'irai en enfer, et je finirai dans une vieille casse abandonnée, avec un lit posé dans une carcasse de bagnole défoncée et cramée et complètement rouillée, sur les bords d'une rivière de lave.

Un petit regain de force au milieu de mon salon. Je fouille les poches de ma veste, une jolie veste noire et froissée par mon désespoir : mon portefeuille en cuir râpé, un paquet de cigarettes (il en reste huit) et dans la poche intérieure, un petit carnet presque terminé (avec un stylo au capuchon rongé par le stress – ou les crises de manque). Ça va finir par s'arrêter, tout ça. Je me suis toujours demandé si tout le monde avait ce pressentiment, celui où on commence à avoir peur de mourir et on se dit que ça va arriver bientôt, très bientôt ; que si on va chez le docteur il va nous annoncer droit dans les yeux que c'est la fin, qu'on doit se préparer. J'ai ce pressentiment, là, maintenant.

Chapitre 2

Seul, dans la solitude seul

Pacadis est assis contre un mur, dans une pièce à peine éclairée. Face à lui, une fenêtre donne un peu de lumière. Ses mouvements sont lents, ses mots peinent à résonner.

PACADIS. – Dina... Dina ? T'es là Dina ? Dis-moi que t'es là, dans le coin, dans la chambre, en train de te changer, en train de te maquiller, de venir vers moi. Dis-moi surtout que je suis pas seul. J'ai pas envie de l'être, seul, on l'est tout le temps, mais pas ce soir, s'il te plaît. Je veux dire, c'est trop dur. Trop. J'en ai marre, vraiment, ce soir. Je l'ai déjà dit plein de fois, mais là c'est la vérité. Dina, dis-moi que tu vas sortir de la chambre, habillée, prête à y aller ; que tu seras belle et radieuse, et bien maquillée pour tes clients de ce soir, que je vais te voir une fois de plus arriver dans l'entrebâillement d'une porte, et que je vais retomber amoureux de toi comme si c'était cette putain de première fois. Tu t'en souviens ? Viens m'aider. Viens m'aimer, putain ! – comme je t'ai aimé la première fois que je t'ai vue, je savais que c'était toi, c'était évident, tu dois me le rendre ce soir, c'est comme ça que ça marche. On a encore le temps de s'aimer. Tu sais bien. Tu me dois ça. On a toujours fonctionné comme ça. Toi et moi. Toute ma vie était prête à ce que tu y entres, et tu y es entrée sur des talons hauts. Avec toute l'étendue que la beauté puisse avoir.

Un temps.

16

Oui je sais... Mais mon histoire avec François, c'était rien dans le fond, un petit rien. Une virgule dans ma vie, une histoire comme une autre. Une histoire de pédés qui se tournent autour, bien loin de l'amour et du véritable. Je me suis perdu dans ma vie, égaré souvent, j'ai tout le temps fait ce genre de conneries ; j'ai pris des chemins qui ne menaient à rien, je ne savais jamais quelle clé correspondait à quelle serrure. J'ai fait des détours pour essayer de comprendre comment tout ça fonctionne, autour de nous je veux dire. J'ai voulu comprendre et je me suis laissé faire par ce que le hasard me proposait. Alors je sais que tu as du mal à me pardonner, et tout, mais cette fois-ci c'est différent. Et pourtant, c'est tout à fait moi.

Une voix, quelque part : « Tu appelais au loup trop souvent, combien de vérités te reste-t-il en stock maintenant, avant que plus personne ne te croit jamais ? »

PACADIS. – François. Il se battait dehors dans la rue avec un autre mec, je l'avais déjà repéré en rentrant dans la boite. Je l'avais pas vu partir, j'étais occupé ; on a fini la soirée avec les autres et quand on est sortis du bar deux mecs se tapaient dessus en gueulant dans la rue. François avait un sourcil qui pissait le sang, et ça m'a fait de la peine je te jure, je voulais juste voir si tout allait bien, si c'était pas trop grave. J'étais saoul, j'avais sommeil, c'était déjà tôt. C'est ce qu'on fait d'habitude, entre hommes, on prend soin les uns des autres. Quand quelqu'un est blessé on doit aller voir, c'est l'espèce qui veut ça. Il paraît que ça vient de l'instinct, quelque chose comme ça. C'est là qu'il m'a expliqué, et qu'il m'a dit qu'il se battait contre son frère, et les gens autour ont commencé à partir et puis je me suis retrouvé seul avec lui à discuter. Il a ramassé sa veste, il l'a époussetée comme ça, et on a discuté en marchant vers la clinique ou vers son appartement, peu importe, je ne sais plus. Il avait besoin de points de suture parce que ça pissait vraiment beaucoup le sang.

Un temps.

PACADIS. – Dina ? Dina ? Mon cœur.

Un long moment.

PACADIS. – Ce mec avait une histoire intéressante, tu vois, il est arrivé à Paris sans argent, et puis un petit vieux est tombé amoureux de lui, ou alors c'était son père qui s'occupait de lui. J'ai pas très bon souvenir de ce qu'il m'a dit, on me raconte tellement d'histoires. J'en écris beaucoup, et je finis par tout mélanger. Je crois que plutôt c'était son père en fait. Il lui donnait de l'argent. Un bon paquet. Oui voilà, des liasses entières de billets, comme dans les films. Pour qu'il puisse vivre un peu. Un beau tas de fric. Du genre à pouvoir se payer un bel appartement, plein centre-ville, et se monter une belle galerie d'art parce que c'était sa passion. La peinture fin XIXème, les impressionnistes et quelques manuscrits de la littérature aussi. Il m'a montré quelques lettres de Rimbaud qu'il avait acheté à la Sotheby's, c'était beau. Quelle plume. J'aurais aimé qu'il me montre son exemplaire original des Fleurs du Mal, avec la dédicace de Baudelaire à un vieux libertin. Par contre Dina, il a jamais voulu m'embrasser ou même coucher avec moi, on était copains à l'époque, ça s'arrêtait là. On s'aimait bien. Lui il foutait rien de ses journées, il attendait que son père lui paie ses factures et il traînait au milieu de sa galerie en remballant les jeunes artistes ; moi je m'abîmais tous les soirs pour pouvoir trouver, écrire et livre un article au journal, pour le lendemain. Sans cesse. On croit que c'est facile mais non. Je racontais des trucs, les soirées et les films et les pièces que je voyais. Les gens aussi. C'est un sujet infini ça, les gens. Mais tu le sais tout ça, non ? Tu l'as lu, je te mens pas, c'est ce que je faisais. C'est la seule chose que j'ai faite.

Un temps.

J'arrive plus à me lever, j'ai plus la force. Dina t'es où ? T'es où, putain... Je suis dans le noir, tiré au fond d'un trou sans fond

18

par un pressentiment sûrement vrai, incapable de me lever, à me lamenter comme un gosse, à m'excuser d'une vie que je n'ai pas vécue et je suis seul, et j'ai peur. Le parquet me retient encore, je me rappelle même plus comment je suis monté jusqu'ici. Tu le sais, toi ?

Chapitre 3

Taxi pour nulle part

Dans la nuit titubante, il est en train de s'égarer un homme. Comme le personnage d'un vieil album photo tout à fait décoloré, le visage gras et les cheveux sales ; ses lunettes le protègent du reflet des choses et des illusions nocturnes. L'heure matinale, quasi diurne, nous rappelle qu'il faut maintenant rentrer, le Pacadis abandonné, héros des nuits malmené, un quasi martyr de la night, appelle un taxi, évidemment méfiant vis-à-vis de cette créature errante. L'un d'entre eux s'arrête et embarque Pacadis, titubant et fatigué.

Quelques minutes plus tard, dans un taxi parisien. Régulièrement, une lumière vient balayer l'intérieur de la voiture et souligne le visage de Pacadis.

PACADIS. – Chauffeur, un aller simple pour chez moi s'il vous plaît. Il est temps de rentrer, la soirée est terminée. C'est l'heure où tout le monde regarde sa montre et tapote sur la table, en espérant que ses amis en fassent de même, se lèvent et décident de partir. Moi j'ai trop bu, alors quand je me suis réveillé, tout le monde était déjà parti. Personne ne s'est soucié de moi. Quelqu'un m'a finalement touché l'épaule, comme ma mère faisait pour me réveiller doucement quand j'étais petit, et m'a demandé de partir. Elle, elle me demandait pas de partir. Elle, elle me demandait comment j'allais, si j'avais dormi. Elle me disait que c'était l'heure d'aller à l'école. Que le petit-déjeuner était prêt. Et je lui disais en souriant que ça allait et que oui, j'avais bien dormi. Que ça allait très bien même, et que j'allais me lever pour déjeuner. Parce que c'était vrai, elle était là, et tout allait bien. Il faut rentrer à un moment donné. Ça finit bien par arriver. Dina doit m'attendre. Elle m'attend toujours de toute façon. Quelqu'un qui t'attend c'est quelqu'un qui t'aime. Et c'est souvent pour cette personne qu'on rentre.

Une lumière vient balayer l'intérieur de la voiture.

TAXI. – Je veux bien te ramener chez toi, puisque je suis là pour ça. C'est mon rôle, mon ami. J'ai ramené beaucoup de monde depuis tout ce temps. J'ai l'impression de faire ça depuis une éternité. Des milliers de personnes différentes se sont assises là où tu es maintenant. À ta place. Seulement ça se renouvelle sans cesse. Ces gens qui vivent la nuit sont bizarres, ils n'ont pas l'air de comprendre eux-mêmes ce qu'ils font dehors, à des heures où la plupart d'entre nous sommes en train de dormir, contre nos femmes, dans la chambre qui se trouve juste à côté de celle de nos enfants, la tête sur l'oreiller, les pieds au chaud sous la couette. Vous, c'est souvent pour rejoindre ou quitter une maîtresse, pour abandonner votre femme et vos enfants qui dorment à côté, que vous partez, que vous fuyez. Vous n'avez même jamais entendu votre chien aboyer la nuit, sans savoir pourquoi ; être obligé de vous lever pour vous rendre compte que c'est rien. Vous, vous vivez deux vies en parallèle, en faisant bien attention de ne pas faire se rencontrer ces deux mondes qui ne veulent pas l'un de l'autre. C'est dangereux de vouloir être deux personnes à la fois, ça rend fou mon ami. Mais vous, vous tous, qui marchez dehors pendant que la lune brille, je vous ramène toujours à votre point de départ quand vous avez terminé de vous raconter votre propre mensonge et vous vous rendez compte que la seule chose qui compte c'est l'endroit d'où vous êtes partis, un beau jour. Et vous y restez finalement. Au fond, ça n'a pas de sens. Mais la route propose les deux directions, une pour partir et une pour rentrer ; alors, il doit bien y avoir un but à tout ça. Moi, je suis celui qui navigue au milieu de cet entre-deux. C'est mon rôle, mon ami.

Une lumière vient éclairer l'intérieur de la voiture.

Le taxi roule dans les rues à toute allure. Pacadis ne s'en rend pas compte. Il s'est allongé sur la banquette, en cherchant désespérément une cigarette dans toutes les poches de sa veste. Les yeux mi-clos derrière ses lunettes, il lutte pour essayer de capter un semblant de réalité. Il a du mal à ne pas sombrer complètement. Il tient et se retient à la nuit.

Une lumière vient balayer l'intérieur de la voiture.

TAXI. – En revanche mon ami, j'espère que tu as de quoi me payer. Sache que je ne travaille pas gratuitement, et que chacune de mes courses est de qualité. Ramener quelqu'un chez lui, c'est une mission à risque. Tu as sûrement l'habitude de ne rien payer, et de te faire tout offrir, parce que tu es habillé comme ceux qui ne paient jamais rien ; mais tu devras me payer, me donner de l'argent, du cash, du liquide, ce que tu veux pourvu que je puisse le mettre dans ma poche ; je peux même te prendre un chèque si tu as une carte d'identité. Tu as bien un morceau d'identité quelque part ? Une preuve de qui tu es ? Ne me dis pas que tu as perdu ton nom quelque part sur une banquette, dans un trou sordide où se mélangent musique et lumière artificielle, qu'elle est tombée dans le caniveau pour voguer jusqu'à une bouche d'égout ; dis-moi que ton identité est sur toi, dans une poche, intérieure ou non, contre ton cœur ou vers ta tête, mais dis-moi que tu sais qui tu es, et donne-moi la preuve que tu pourras me payer. Car c'est comme ça que nous, les enfants du jour, nous fonctionnons. Mon ami ? Je vais devoir mettre moi aussi, ma main sur ton épaule ?

Une lumière vient balayer l'intérieur de la voiture, sans éclairer Pacadis qui s'est endormi.

Chapitre 4

Naissance

La voiture passe sur un chemin, et Pacadis n'entend plus le bruit lisse du béton urbain mais, petit à petit, des cailloux craquer. Comme du gravier peut-être. Comme s'il avait quitté la route et se retrouvait sur un chemin de terre fracassé. Quelques secousses. Quelques secousses, comme dans un bus, quelques années auparavant. C'est bien ça, ce voyage, quand il était jeune. Il le reconnaît, puisque chaque voyageur le reconnaît, peu importe l'endroit du monde où il se trouve. Les cailloux font toujours le même bruit quand ils se froissent.

Et voilà que je me souviens de ce bus. Il était de couleur verte kaki, avec des morceaux rouillés qui avalaient peu à peu la carrosserie. Par endroit, il manquait même des morceaux entiers de ferraille ; pourtant, la mécanique avait l'air assez solide. Ce genre de moteur qui fait un bruit rassurant, en ronflant de toute sa lourdeur sur les chemins défoncés de l'Afghanistan. Certaines vitres néanmoins étaient brisées, preuve d'une longue existence. J'avais cru identifier des impacts de balle, mais sans en être sûr. Ça m'arrangeait pas mal d'être ignorant. Enfermés silencieux, les voyageurs recevaient une gifle à chaque rafale de vent sableux qui venait crisser contre cette carcasse miraculeusement roulante. Le chauffeur, lui, était un barbu sympathique habillé d'une longue djellaba marron, turban traditionnel sur la tête et avait un sourire édenté. On ne comprenait rien à ce qu'il racontait, ce qui ne lui empêchait pas de nous regarder droit dans les yeux pour nous parler, et puis après un temps silencieux, il éclatait de rire en nous faisant « venez ! » avec sa main. On parle mieux avec des gestes parfois, c'est plus naturel ; plus instinctif parce qu'on ne parle pas mais on se comprend. Nous, devant lui en particulier, mais au milieu de tout ça, on était de véritables étrangers, en terre étrangère, et dans un monde inconnu.

Le chemin de terre sur lequel nous roulons est difficile, et nous avançons doucement. Entre deux trous dans le sol, des coups de klaxon pour se frayer un passage parmi les obstacles invisibles, quelques moments de repos. Impossible de dormir plus de quinze minutes dans ces conditions. On espère y arriver entiers, la route est encore longue et les surprises s'enchainent de manière frénétique : passagers qui s'arrêtent au milieu du désert, au centre de nulle part, pour « rentrer chez eux » et disparaissent dans les sables ; des passagers qui montent, de temps en temps, attendant au bord de cette piste sans aucune signalisation, ni aucun point de repère. On dirait, en regardant par la fenêtre, que tout est dissimulé derrière un décor, et que ces gens en sortent parfois, par nécessité, par besoin d'aller ailleurs ou pour animer notre voyage. Des acteurs en quelque sorte. J'ai souvent la sensation d'être l'acteur principal d'un film qui serait en fait ma propre vie, et les gens que je rencontre et que je côtoie, que je touche et que j'aime, ceux que je déteste aussi, sont des automates, qui n'ont pas d'existence quand je ne les vois pas. Quand j'étais petit je croyais à ça ; et si aujourd'hui ces gens étaient des faux ? En vérité, c'est peut-être moi qui n'existe pas pour eux. D'ici, de là où je suis, derrière la fenêtre, dans ce bus qui roule à toute allure, je jette mon regard mais je ne vois rien. Je ne trouve pas ce que je dois regarder. Il y a bien des choses, mais est-ce que c'est vraiment ça que je suis venu chercher, ici, au fond du désert de ce monde ? Je n'en n'ai aucune idée. Qu'est-ce qu'on cherche, quand on court dans tous les sens ?

Le car s'arrête brusquement. Le chauffeur tenta bien de redémarrer, mais les colosses antiques aiment prendre leur temps. Après trois ou quatre tentatives infructueuses, le chauffeur dit quelques mots en arabe, sans que je puisse en saisir le sens – « je vais aller voir ce qu'il se passe », peut-être ? Il revient quelques minutes plus tard avec ce qui ressemble à un carburateur, qu'il montre à d'autres arabes. Tout le monde s'agglutine pour régler ce problème, et décide finalement de descendre affronter le vent vicieux, et les caprices de ce bus épuisé. J'en profite pour balayer mes pieds sous le siège ; en tâtonnant je repère mon sac. C'est bête mais c'est un geste qui rassure : on a toujours besoin d'avoir quelque chose à soi, avec soi. Qui plus est, quand on est au bout du monde, perdu sur des pistes désertiques, où la disparition peut être aussi violente qu'inaperçue. La porte du bus s'ouvre, trois silhouettes drapées, silencieuses, montent et se tiennent immobiles près du siège du chauffeur. Les trois hommes rabaissent finalement leurs foulards, tapent sur leurs burnous pour en enlever les grains de sable, et rejoignent leurs sièges. Le chauffeur, lui, continue de parler en arabe à son moteur, invoque certainement les plus grandes forces de ce monde pour que cette épave métallique se décide à redémarrer ; une première tentative laisse entendre le moteur tousser, puis caler. La deuxième tentative, plus longue, s'achève aussi par une expiration. La pluie de sable sur les vitres devenait oppressante, les regards entre les passagers plus désespérés. La troisième fois, le chauffeur tourna la clé, le moteur démarra. Je l'ai entendu dire « Inch'allah » et je crois que c'est à ce moment que j'ai vraiment compris ce que ça voulait dire. Après de grands coups d'accélérateur pour être sûr que tout était réglé, nous sommes repartis sur la route ; les bagages se balancent dans les filets, au dessus de leurs propriétaires, et c'est encore de longues secondes que je peux compter grâce à cette horloge improvisée. Je pense que je me suis assoupi à ce moment-là.

Quelques temps se passent.

Je jette un regard endormi dans l'allée principale du bus, qui s'est vidé petit à petit de sa population nomade pendant mes rêves. Je suis toujours au fond du bus, avec Alice, dont la tête légère repose sur mon épaule ; Alice qui m'a fait venir avec elle dans ce qui ressemble jusqu'à présent au bout du monde. C'est moi qui l'accompagne, je me suis jeté dans ce voyage au dernier moment mais je sais pas, c'est comme ça. Il le fallait. Elle voulait faire la route de l'opium, et ça me paraissait être une bonne idée, un bon moment ; c'est une route dangereuse pour ceux qui s'y engagent. On racontait des tas d'histoires sur cette route. Des histoires et des légendes insensées, improbables. Mais il ne fallait pas avoir peur pour aller jusqu'au bout ; il fallait plutôt être de ceux qui étaient prêts à tout pour toucher au but, d'accomplir ce pèlerinage, être prêt à tout et même à mourir dans l'accident d'un camion déglingué ou exécuté au bord de la route par des hommes en noir, armés, venus du fin fond des sables. Il fallait accepter l'idée que tout pouvait basculer, juste comme ça, en une seconde qui n'était qu'une petite seconde parmi toutes celles dispersées dans le grand univers qui nous entoure. Avant de partir, on m'avait dit qu'il y avait autant de secondes à vivre que ce qu'il y a de grains de sable dans le désert ; mais je n'ai pas eu la force de les compter. Donc je ne sais pas trop où j'en suis. Les secousses du bus bercent mes espoirs et je veux absolument voir la fin de ce voyage, aller le plus loin possible. En revenir en fait, pour raconter. C'est une sorte de fuite. Une fuite en camion-bus, très loin dans le désert. J'ai rencontré Alice à Paris, quand elle était sur le point de partir. Alors on discuté, j'ai rigolé un peu de son projet ; je l'ai regardée droit dans les yeux, j'ai aimé ses mots et ses arguments : alors le soir-même j'ai fait mon sac, j'ai dit au revoir à maman et je suis parti avec elle. Je me disais que je pourrais tout lui raconter en rentrant, et que ça serait une bonne expérience de vie. La première vraie expérience, celle où je deviens un homme, où l'enfance ne serait plus qu'un souvenir de cours au collège et de petits soldats de plomb alignés sur une commode. Et maintenant, me voilà tout au fond du bus, en Iran, seul avec elle. On avait quitté Tabriz plus tôt, en direction de la capitale, Téhéran, dans une chaleur suffocante. Maintenant, Alice dort sur mes genoux. Elle est épuisée par la chaleur et sa nuit précédente, passée avec un local qu'elle a trouvé dans un café arabe des quartiers populaires. C'est là qu'on aimait passer du temps. Et c'est aussi le prix à payer pour pouvoir continuer à fumer un peu d'herbe de temps en temps ; le prix de la liberté, je suppose.

En rentrant en Iran, quelques kilomètres après la frontière turque, notre bus – un autre, moins déglingué – a été attaqué. Je m'en souviens parce que je n'ai pas eu peur. C'était pourtant la panique, les femmes criaient en arabe et pleuraient et les hommes les rassuraient comme ils le pouvaient. Tout le monde s'est mis à attendre la suite, sans savoir véritablement comment ça allait se passer. L'un de ces moments où toute la vie prend, en une seconde, un sens, se révèle, se heurte à nous et nous apparaît. Et on l'accepte. Parce qu'on n'a pas le choix. À genoux, avec une arme braquée sur la nuque, le monde paraît bien plus clair, et facile.

Je pose ma main sur son front. Doucement.

PACADIS. – Tu crois qu'on aurait dû mourir, quand on s'est fait attaqués ?

ALICE. – Quoi ?

PACADIS. – Tu sais bien, ce qu'il nous est arrivé. T'étais là, avec nous non ? Ça ne devait pas se passer comme ça, il manquait un truc. J'ai pas eu ce pressentiment. Je savais que ça pouvait pas se finir comme ça. C'était trop simple. Je veux dire, j'ai meilleure ambition que de mourir ensablé, dans un désert qui n'est même pas le mien. Loin de chez moi.

ALICE. – Il est à personne ce désert. On peut le prendre si on veut, et si on nous enterre dedans, alors il deviendra à nous. La terre qui nous enterre et nous recouvre devient obligatoirement la nôtre, c'est une loi de la nature. Tu mets du tien partout là où tu passes, tu laisses des traces de toi, alors quand t'es enterré, t'imagines bien que c'est le maximum.

29

Un temps.

Tout le monde devait savoir qu'il ne se passerait rien, personne n'a eu envie de mourir je pense. Il faut un beau décor pour mourir, une belle mise en scène. Je me vois mal mourir dans des chiottes, d'une overdose. Je veux mourir comme une star. Ou alors tuée d'un coup de flingue, par un homme qui m'aime et que j'aurais trompé. Ça c'est un truc romantique, non ?

PACADIS. – Je ne sais pas. Je ne pourrais pas tuer quelqu'un. Même si j'étais trompé, humilié, je ne pourrais pas. C'est trop difficile. Et puis ça n'en vaut pas la peine, il n'y a pas de vrai amour. Qui en vaut la peine ? C'est quelque chose qu'on veut nous faire gober, pour qu'on soit pas déçu ; c'est un conte pour adultes. Tu penses que le grand amour ça existe ?

Silence. Aucune réponse. Alice est dans ses pensées.

PACADIS. – T'as couché avec ce mec au fait, avec le gars d'hier soir ?

Alice, d'un coup.

ALICE. – Ils ont pris mes bijoux. Putain ! Tu sais ma bague en or, je la retrouve pas. Je pense qu'ils se sont payés comme ça.

PACADIS. – Il avait l'air brusque, il était fort et grand et toi à côté tu avais l'air toute fragile. Il aurait pu te faire du mal, tu sais. Tu devrais faire gaffe avec ces mecs-là.

Alice s'est perdue.

ALICE. – J'aimais bien quand j'étais petite, quand ma mère me donnait pour mon quatre-heures un berlingot au lait concentré, c'était sucré. J'oublierai jamais ce goût. J'en ai plus retrouvé depuis en magasin. C'est triste parce que j'adorais vraiment le goût de cette petite chose. Ou peut-être c'était ma mère, lorsqu'elle sortait du frigo le petit berlingot jaune, et qu'elle prenait un ciseau pour en couper un coin. C'est un bon souvenir en tous cas. Quand j'avais seize ans, un jour elle m'a donné cette bague, dans la cuisine où je mangeais ces berlingots. Elle me l'a donnée parce que mon père venait de mourir et elle voulait que je garde un souvenir de lui, et elle avait fait fondre une chevalière à lui pour en faire deux bagues en or. Je l'ai perdue maintenant.

Un temps. Regard lancé à travers la fenêtre.

PACADIS. – Un mec en Turquie m'a raconté une histoire. C'était la plus belle que j'ai jamais entendue. Une histoire d'amour. D'un roi Ottoman. Il s'appelait Soliman. Dans les bouquins d'histoire, on l'appelle Soliman le Magnifique. Un jour qu'il visitait son harem, il a croisé le regard d'une des filles qui était dedans. Elle s'appelait Hürrem, mais comme elle était slave d'origine, on l'appelait Roxelane. Elle est devenue sa favorite, et d'une esclave il en a fait sa femme, et il l'autorisa même à rester près de lui pour le restant de sa vie. Je trouve que ça résume bien les choses. Même un roi peut succomber aux hasards de la vie.

Alice commence à pleurer, doucement.

La route nous oblige à passer des cols montagneux où la moindre fausse manœuvre aurait mis fin à une douzaine de vies d'un seul coup et sans aucune sommation. Mais notre chauffeur vit dans un monde dangereux en lui-même, et les accidents n'existent pas ou font partie d'une sorte de banalité acceptable. On fait quelques arrêts pour se dégourdir les jambes. Alice fume beaucoup d'herbe. Et je l'accompagne. Plus on avance dans notre aventure, plus on s'enfonce dans la mille-et-unième nuit créée de toutes pièces par les plaisirs artificiels. On est les seuls Européens ; autour de nous, on trouve surtout des Iraniens qui nous regardent avec un mélange de bienveillance et de pitié. Ils vont sûrement rejoindre quelqu'un, ou chercher du travail pour nourrir leur famille, restée à l'ombre du désert. Nous, on en sait rien. On s'en fout. Eux, voudraient être à notre place pour avoir la possibilité de se barrer, avoir un peu d'argent et arrêter de vivre dans la galère. Ils ne comprennent pas pourquoi on vient faire chez eux ce qu'on pourrait faire chez nous, ou partout ailleurs dans le monde ; mais c'est comme si le ciel était plus haut, à l'autre bout du monde.

(TAXI. – Ne t'endors pas, mon ami. Ne te laisse pas faire par ces rêves. Sinon je serai obligé de te jeter dehors, et ça je ne veux pas. Ne te laisse pas cueillir.)

Alice se rendort, et je lui caresse les cheveux. Ses longs cheveux châtains. Elle est belle. Elle est l'inverse des femmes qu'on peut trouver ici : blanche de peau, plutôt blonde et des yeux verts. Elle est ce contraste, ce décalage, qui devient forcément beau, désirable. Moi je l'ai rencontrée par hasard à Paris. Dans un petit restaurant où allaient manger mes camarades de classe – à l'époque j'étudiais à l'École du Louvre, j'étais encore sérieux et studieux, je pensais que j'allais m'en sortir. Il me semble qu'elle était photographe mais on n'en a jamais vraiment parlé. En tous cas, elle prenait tous les gens de l'endroit en photo, elle faisait leur portrait ; elle se baladait avec son appareil à la main, et à grands coups de sourires, elle mitraillait tout le monde sans aucune pitié. Surtout avec les garçons : elle se savait jolie – c'est les pires – et j'étais presque jaloux de voir le nombre incalculable de regards masculins qu'elle attirait sur elle sans faire le moindre effort.

Je crois que j'aurais aimé être populaire, dès le premier regard, dès le premier pas dans un endroit ; mais le monde avait d'autres projets pour moi. Construire une vie, au fond, c'est mesurer l'écart entre ce qu'on est, ce qu'on veut être et ce qu'on peut être. Beaucoup de facteurs, pour un résultat qui le plus souvent, suffit à tout le monde mais n'enchante jamais totalement. Combien de vies rêvées reposent, elles aussi, dans les placards de nos enfances ? Alice m'a donc pris en photo, entouré de mes amis de l'époque : Nico, qui se prenait un peu pour Travolta avec son t-shirt noir et son jean bleu flambant neuf ; Stef, un autre étudiant sans histoire en philo ; Carine et Sandy qui restaient avec nous parce qu'elles étaient intéressées par les deux autres. Et moi, j'étais au milieu, finalement assez loin de ce petit monde. Je n'aimais pas sortir, on faisait des fêtes mais je n'aimais pas ça ; je n'intéressais personne et ça m'allait très bien. Je pouvais faire grandir ma collection de petits soldats peints à la main, de posters d'uniformes militaires et faire tout un tas de brocantes. La Seconde Guerre Mondiale me fascinait. Il y avait quelque chose d'intéressant dans les costumes de l'époque : les costumes des bons, les costumes des assassins ; le monde n'est plus aussi manichéen. J'adorais l'effet que faisaient les uniformes. Ma mère ne supportait plus les dizaines de babioles que je ramenais chaque semaine dans ma chambre, et qui s'empilaient : des gourdes, des boutons, des écussons militaires. Des vieilles médailles, qui représentaient pourtant d'anciennes gloires gagnées, au prix du sang. C'était ça ma grande passion. C'est ce qui en jette au premier coup d'oeil : tu vois quelqu'un et c'est l'uniforme qui va te dire qui est en face de toi. Les vêtements, c'est ce que l'être humain a de plus sacré.

Après la photo de groupe, elle est restée avec nous. Elle parlait de ses projets et plus elle en parlait, plus on se rendait compte qu'elle savait pas ce qu'elle allait faire de sa vie. Elle disait voyager, mais c'est quelque chose qui ne se vérifie pas ; elle disait qu'elle voulait partir au Moyen-Orient, voir les couchers de soleil là-bas, et qu'on ne peut voir que là-bas. Au fur et à mesure de la discussion, ça me semblait une évidence : je devais y aller. Je devais, moi aussi, faire partie de ce monde en l'affrontant de plein fouet ; ma mère ne serait sûrement pas d'accord mais j'ai passé l'âge d'écouter les adultes. Au pire je partirais comme ça. Je me voyais déjà, à dos de chameau, en train d'arpenter le désert avec un groupe de bédouins, experts des sables, qui nous mèneraient jusqu'à des oasis encore jamais explorées. Moi qui n'avais connu que la verticalité brutale des villes, je voulais voir si une quelconque providence pouvait exister ailleurs, de la même façon. L'horizontalité à perte de vue, à l'endroit où vient plonger le soleil chaque soir, tout au bout du monde – ça doit bien se trouver quelque part par là-bas : c'est pour ça que le sable est si brûlant.

J'écris :

Il y a des lieux, et des tas d'endroits, partout, mais le royaume où s'endort le soleil se trouve proche de là où dorment les grands Rois ; ceux qui nous regardent et veillent, ceux qui nous admirent et nous punissent, ces grands vainqueurs de l'Histoire et du Temps, à qui même les astres ont donné leur nom.

Alice dort toujours, je lui caresse les cheveux. Je me souviens très bien de cette première rencontre. Comme si cela venait juste de se passer. On a continué à parler, un peu. Puis elle a finalement réussi à m'embarquer avec elle. Qu'est-ce que j'y fais ? J'en sais rien. Pour partir, on se trouve toujours une bonne raison. Ce voyage ne me permet pas de penser clairement. Quand j'ai débarqué pour partir avec elle, il faisait pas loin de quarante degrés à l'ombre. On avait mis l'argent en commun, et de toute façon, il ne me restait plus rien. Que dalle. Alors quand on était en Grèce (notre première étape) on a fait les vendanges près de Xanthi, on a aussi ramassé des olives dans le sud de Komotini. Les gens étaient méfiants de voir des jeunes mais, en moins de deux semaines, on était prêts à continuer. Pendant qu'on était en Grèce, je pensais à mon père parce que j'étais sur la terre de mes origines. Je le savais, mais je ne connaissais pas trop les histoires de famille. D'où on venait. D'où ils étaient partis. Alors j'y pensais le temps d'un sourire, qui s'effaçait aussitôt. Finalement, on est arrivés à Alexandroupolis, que j'imaginais être le fief d'Alexandre le Grand (je n'ai jamais su si c'était vrai), et qui marquait notre dernier contact avec l'Occident. Quelques kilomètres plus loin se dessinait déjà la Turquie. Le voyage était lancé, le retour en arrière impossible : travailler, avancer, fumer, recommencer. J'ai adoré le tourisme. J'ai adoré ce genre de tourisme. J'ai adoré être loin de chez moi. J'ai adoré ce moment, ce temps, cette époque dans l'époque.

Mis en abîme de soi-même. Les souks, comme lieu d'échange, dans tous les sens du terme. L'Orient a un charme que l'Occident n'a pas ; l'Orient est une dorure orange grâce aux rayons du soleil, l'Occident n'est qu'un amas gris de béton, triste et froid.

J'écris :

L'Occident ferme sa porte,
L'Orient ouvre ses cadenas de rêves
Un air chaud m'embrasse, ici les pieds ne laissent aucune
trace
La musique des souks et leurs résonances amnésiques
Prends-moi tout entier, avale-moi
N'hésite pas, car désormais / je n'ai plus rien à espérer
Seulement toi, si tu es quelque part
Dans la forêt de sable
Ici-bas

On avait traversé toute la Turquie jusqu'à Ercis en quasiment trois semaines. De long en large. Tout se ressemble en étrangement différent. Et puis de toute façon, je plane déjà beaucoup. Le mélange entre les drogues et la chaleur est certainement une mauvaise chose, pourtant ça me semble la seule bonne façon de profiter pleinement de ce voyage. Le ciel reste bleu, même pendant la nuit. Après le train et le bus, on a continué en stop. On avançait trop peu. Le bord de la route devait avoir pitié de nous. La moyenne par jour était d'une cinquantaine de kilomètres, ce qui nous laisse beaucoup de temps pour nous engueuler. Alice est insupportable, irritée. La drogue, le manque par moment la rend tendue. De mon côté, je l'abandonne à son sort ; je me désintéresse complètement d'elle pour rentrer dans des mosquées, et visiter ce que je n'ai aperçu qu'en photo pendant mes courtes études au Louvre. Je serais volontiers resté à cette frontière magnifique, entre la Turquie et l'Iran, si ce n'avait pas été aussi désert. Le fait de voir l'horizon tout au fond du désert m'angoisse, il me faut un monde clôturé et couvert et moins vide que le désert. Les villes sont des refuges, c'est aussi simple que ça. Les villes proposent tout. Le désert demande un effort d'imagination insurmontable. Et puis je n'arrête pas de me dire que les choses se cachent ; les belles choses je veux dire. La beauté sait se rendre inaccessible et il faut donner de soi pour recevoir une petite récompense. Il faut faire la part des choses, se demander si cela en vaut la peine. Je persiste, je me persuade : ma quête finira par me mener quelque part. Je trouverai ce que je suis venu chercher.

J'avais gardé une photo de ma mère pour trouver un peu de réconfort pendant le voyage. Je l'avais mise dans mon portefeuille. Parfois quand j'étais tranquille, et surtout seul, je sortais sa photo et je la regardais. Mon regard tendre, et parfois quelques larmes, ne changeaient pas ses yeux et son expression photographique. Elle ressemblait à une poupée de cire ; même si c'était ma mère, impossible de m'en persuader. C'était comme si je ne m'en souvenais pas très bien ; je suppose que c'est la tristesse qui provoque ça. Cet état où notre propre cerveau se résigne et préfère oublier ceux qu'il connait depuis le tout début. Comme pour se protéger, un mode veille. Cette photo me ramenait juste, pendant quelques minutes, à Paris, dans les rues bruyantes et puantes, devant la porte de chez moi, dans ma chambre où dorment des centaines de militaires en uniformes de plomb, peints par mes soins, pendant de longues heures de solitude. Mon père me manque aussi ; ça fait longtemps qu'il est parti. C'est grâce à lui si on habite à Paris, c'est uniquement grâce à lui et à sa persévérance. Il aurait pu tout abandonner et rentrer en Grèce quand son hôtel particulier a fait faillite. Mais ç'aurait été un échec pour lui et il s'est accroché, il s'est battu sans rechigner, mon père. Il a monté un magasin de chaussures et il a travaillé, travaillé, travaillé sans arrêt. Autant que sa santé lui permettait. Jour et nuit, et parfois même certains week-ends entiers où, avec ma mère, on restait seuls tandis que lui allait faire son métier. Il rentrait finalement, avec quelques courses, et la fatigue le marquait chaque fois un peu plus, chaque fois un peu plus fort. La vie lui frappait sur la gueule comme un forgeron sur son enclume ; ses cernes n'eurent pas le temps de s'effacer, puis la maladie arriva, et ce fût la fin de tout ceci. À partir de ce moment, ma pauvre mère se levait chaque matin en pleurant et se couchait chaque soir en pleurant ; mais j'étais là. Alors il fallut bien qu'elle s'occupa de moi, plus que de raison, pour deux, en faisant bien attention que je ne manque de rien. On peut la comprendre ; elle est une mère et comme toutes les mères, c'est l'enfant qui devient la priorité. En tous cas, c'est comme ça que ça marche, chez nous. Mais les poussins ne voient plus les rayons du soleil, ils sentent la chaleur mais ne voient pas les rayons, et sous l'aile de la mère, on finit par respirer le même air, encore et encore, et puis on étouffe, à force.

D'un coup, au bout d'une route, c'était Téhéran. Je voulais arriver là-bas comme on arrive dans une ville importante pour le désert ; je voulais arriver là-bas avec respect, le soleil serait au zénith, le ciel serait d'un bleu qu'on ne retrouverait qu'à cet endroit, et il y aurait des gens partout, chargés, sortant des souks, des hommes assis aux terrasses des cafés, en train de boire du thé à la menthe. J'aurais voulu dire à Alice : « Regarde, c'est ça que je suis venu chercher, c'est génial comme tableau ! ». Après, on serait allé nous-mêmes dans les marchés, boire du thé à la menthe, se faire brûler par le soleil qui donne l'impression de ne jamais tomber derrière le désert. Mais, rien ne s'est passé comme ça. On a débarqué sur la longue route qui mène à la capitale en fin d'après-midi, sous une pluie comme les habitants en avaient rarement vu. L'eau tombait sans cesse, le sable devenait boueux, la foule était affolée, tout le monde s'agitait dans tous les sens – à ce moment-là, je me suis rendu compte qu'il y avait une fuite dans le bus, juste au-dessus de moi. Nous venions décrocher le soleil et nous voilà en plein déluge. Alice dormait toujours. Je la réveille doucement : l'entrée de Téhéran ? Elle n'en a « rien à foutre ». Je me demande bien ce qu'elle fait là, si elle n'est pas venue pour profiter du voyage ; j'imagine que chacun a ses raisons que les autres ignorent. On se jette dans le premier hôtel qu'on trouve, le « Sultana Hotel », un endroit fort sympathique, où se croisent beaucoup de touristes occidentaux. Je prends quelques instants pour aller appeler ma mère depuis la réception ; elle ne me répond pas. J'essaie de joindre ma tante, j'ai plus de chance : elle m'envoie un peu d'argent pour tenir au moins une petite semaine.

Chapitre 5

À l'heure du thé

L'Étoile Ornano. J'avais repéré ce café depuis quelques temps déjà, un peu après notre arrivée. L'extravagance du néon mauve qui se trouvait sur la devanture attirait le regard, du moins de ceux qui n'avaient pas l'habitude de le croiser. Il n'en fallait pas plus pour que je m'installe à une table, stylo et carnet de voyage en main, avec la volonté d'inscrire à jamais quelques souvenirs sur le papier. J'avais quitté Alice un peu plus tôt, en sortant de l'hôtel, sans savoir vraiment ce qu'elle allait faire. « Se promener » ne veut pas dire grand-chose, puisque cela peut aboutir à différentes choses, plus ou moins agréables, plus ou moins supportables. Qu'importe, je la retrouverai un peu plus tard, et elle aura une histoire de plus à me raconter. Comme toujours. Parce qu'Alice revient toujours.

J'écris : « *J'étais là. Le sable avait laissé sa place à de la poussière. La ville ressemblait à un grand chemin tracé dans un sable fertile, terrain de nombreuses histoires, contes, légendes et mythologies. Combien de vies rêvées ici, enterrées, ensablées ? Combien de choses, de bagues, d'amours perdues dans les sables mouvants qui nous entourent et nous guettent à chaque instant ? On ne vit heureux que dans la menace. On n'est heureux que lorsque qu'un dieu nous signale qu'il peut tout nous reprendre, s'il décide de claquer des doigts ; alors seulement on prend le temps de jeter un regard sur ce qu'on a. Et l'insignifiance disparait, s'efface, s'enterre, pour laisser place à la vérité la plus éclatante. Il y a tant de choses essentielles ; il y a tant de choses invisibles.* »

Il n'y aura peut-être aucun sens à ma venue dans le désert. Mais peut-être qu'un seul grain de sable saura être la solution. Peut-être qu'un de ces Arabes, autour de moi, aura une réponse. Partout, il n'y a que des gens qui attendent quelque chose ; mais ceux qui boivent le thé ont une aura particulière. Ces sortes de sages ne s'étonnent de rien, parlent entre eux de choses futiles et importantes avec la même expression sur leur visage. Leur attitude donne l'impression qu'ils sont au courant de tout, même des choses inaccessibles ; ce sont des sages. Et puis par-dessus tout, leur langue ajoutait une grande dose de mystère irrésistible. C'est fou ce qu'on imagine quand on ne comprend pas ce qui se dit, ce qui se passe. Il aurait bien fallu qu'on ne comprenne pas notre propre vie pour la rendre, elle aussi, irrésistible. Je continue de m'interroger sur la présence trop prononcée de lucidité.

L'Orient est une terre de mythes. Je ne sais pas pourquoi. Mais quelle autre image pourrait-on en avoir ? Les fondations des maisons reposent sur des croyances plus ou moins solides ; la journée est rythmée par la foi, Dieu est une direction vers laquelle tout le monde dirige son regard, ce vêtement sacré qui habille tous les habitants de ces territoires ; là-bas dans les sables, des monstres se cachent et des prophètes téméraires traversent parfois l'horizon avec une parole nouvelle. En attendant de traverser la rue, tout à l'heure, il y avait un homme qui racontait à un autre une bagarre avec un inconnu, la nuit précédente ; il se sont violemment frappés, roués de coups, jusqu'au sang, se rendant coup pour coup, jusqu'au petit matin. Il racontait aussi que malgré tout ça, l'inconnu n'avait pas voulu lui donner son nom ni la raison pour laquelle il l'avait agressé : ce pauvre mec s'est battu contre l'inconnu, en est sorti blessé, plus ou moins vainqueur. Il n'y avait aucune fierté dans son expression, juste la sensation d'avoir vécu quelque chose d'étrange, il n'en revenait pas ; l'ami qui l'accompagnait finit par conclure qu'il s'était sûrement battu avec un ivrogne (après une nuit bien arrosée). Peu importe, c'est tout de même un combat. Et il avait gagné. Désormais, il était un autre. Un peu plus lui-même que la veille. J'attends mon propre combat, sans armes ; juste un face-à-face.

J'étais toujours assis sur ma chaise, à la terrasse de l'Étoile Ornano. Je passais le temps, tranquillement, à regarder tout ce qui se tramait autour de moi. La vie des gens. On ne peut pas s'empêcher de penser à ce qu'on aurait fait, nous, à leur place, dans cette situation ; c'était justement ces comparaisons que je voulais chasser. Je voulais redevenir zéro, réceptif à toutes les influences. Redevenir naïf, ne plus avoir de référence. C'est difficile. Alors je continue de noter tout ce qui me semble superflu dans mon carnet, et je m'essaie à dessiner quelques croquis, pour ramener des souvenirs. La mosquée du coin me donne un beau sujet, mais impossible d'en capter la beauté véritable et la profondeur spirituelle. De mon siège, entouré du temps qui passe, j'attends de voir la nuit tomber, et d'être aux premières loges du spectacle. Il parait que le ciel devient jaune, s'enflamme, comme si tout venait à s'effacer pour recommencer le jour suivant. J'attends d'assister à cet opéra naturel, astrologique. Dans un mouvement quasi musical, le monde se met en marche, à l'heure prévue : les rayons de soleil tournent, et entrainent dans leur chute l'énorme globe, basculant doucement dans le chagrin de la nuit. Le soleil rose du désert devant moi, le temps d'un sourire, le dernier rayon couleur jade vient frapper ma rétine, m'offrant ainsi l'un des plus beaux éclairs de ma vie. La lumière désormais à nos pieds. Ce qui n'empêche pas mes voisins de boire le thé, de discuter et d'éclater de rire ; je ne comprends pas pourquoi cette mort céleste ne les effraie pas, pourquoi ne pleurent-ils pas la fin du monde – jusqu'au lendemain ? Imaginons qu'après avoir vu tout ça, l'Astre décide de ne plus se lever.

Les petits lampadaires s'illuminent dans une symphonie toute silencieuse. Elle accompagne les marcheurs arabes, et tamise l'ambiance dans la ville entière. Voilà les phares de voitures qui viennent, eux aussi, caresser les murs et les carrosseries dans tout le quartier. Le monde des ombres portées se réveille peu à peu.

Je n'ai pas bougé. Je ne sais pas depuis combien d'heures. Ma nouvelle occupation est d'essayer de trouver la fenêtre de ma chambre, depuis la terrasse d'où je suis installé ; mais c'est peine perdue. Elle semble être tout en haut de l'immeuble, mais je n'ai aucun repère. Peu importe de toute façon, à quelle hauteur du sol nous nous trouvons, il parait que la chute est la même. Après cette pensée emplie de philosophie, je décide d'aller me balader dans un quartier populaire de la ville, où se trouve un souk. J'espère retrouver un peu d'agitation. Je me jette donc dans la ville, et me laisse avaler dans le flot des rues, de ces artères qui vont et qui viennent ; le sang de la ville est fait d'habitants, qui se débattent comme ils le peuvent dans cette immense cité pas encore tout à fait moderne. Après quelques feux rouges où je franchis tranquillement la rue, une grande place s'ouvre sur le souk, accessible aussi bien de jour comme de nuit. Sur cette énorme place circulaire, quelques marchands, quelques touristes aussi ; il y a des gens comme moi, qui me ressemblent. Gros sacs à dos, regards naïfs. Nous nous reconnaissons, même à l'autre bout du monde, parce que personne ne sait comment agir lorsqu'il se trouve dans un endroit qui n'est pas le sien. Leur regard, débordant de compréhension, me prouve une seule chose : je ne suis toujours pas à bon port. J'accepte d'être un navigateur, à jamais perdu sur les flots. Cette vie m'irait.

Je note : « *Un homme, discret, au milieu de la foule, fait danser un serpent au bout de sa flûte. Existe-t-il quelque chose de plus puissant que cela ? Le serpent reste droit et se lève pour écouter son Dieu, musique, douce, lente ; il l'écoute du regard et plonge entier dans l'abandon à son maître. L'homme assis en tailleur, porte un grand saroual blanc immaculé, et un turban orange sur la tête ; seule une barbe blanche donne quelques indices sur la rudesse de sa vie.* »

Je suis resté quelques secondes pour regarder un mec charmer un serpent ; une vieille femme vient m'attraper la main. Son visage est ridé, caché sous un voile foncé. Elle ne me demande rien. Elle saisit de ses deux mains la mienne et la caresse à l'intérieur, laisse passer le bout de ses doigts sur le creux de ma main. Elle en scrute les reliefs, les courbes, les lignes. D'un coup :

VIEILLE FEMME. – Dis-moi Alain, tu es là mais qu'est-ce que tu cherches ? Ne penses-tu pas que tu devrais être ailleurs ? Que quelqu'un a besoin de toi, juste à ce moment précis ?

PACADIS. – Qui aurait besoin de moi, maintenant ? C'est bien pour cela que je suis parti ; je suis le seul à avoir besoin de moi-même. Qui s'intéresse à moi ? Regarde-moi, vieille femme ; as-tu déjà croisé quelqu'un comme moi ? Je suis grand, maigre. Ma grande bouche ne me permet pas de me faire entendre ; alors même quand je crie, tout le monde pense que je murmure. Qu'est-ce que je devrais te répondre ? On n'est important que pour soi-même, non ?

VIEILLE FEMME. – Et ta mère ? Est-ce que tu penses à elle, en disant cela ? Elle est en train de t'écrire. Bientôt tu liras cette lettre. Mais toi, n'as-tu jamais pensé à écrire ? Si les cris ne suffisent pas, il faut te dire que l'encre est un outil plus puissant encore ; il permet de transmettre, d'informer, de transcrire, de transposer, de crier, d'attaquer, de tuer. De faire la paix, aussi.

Elle caresse toujours doucement la paume de sa main, et se replonge dans la lecture de l'avenir.

PACADIS. – Alors vas-y, puisque c'est ce que tu fais ; fais-le, raconte-moi ce qui va se passer. Je veux tout savoir.

VOYANTE. – Dès que tu vas rentrer chez toi, tu seras seul ; tu continueras d'être seul et d'errer seul toute ta vie. Tu auras ta place, d'une certaine manière tu seras entouré, et dans certains lieux ; mais aucun lieu ne te contentera, et personne ne saura véritablement qui tu es. Il faudra bien avancer pourtant, et tu avanceras. Tu croiseras beaucoup de gens, et tu te retrouveras parfois en eux. Par bribes. Parce qu'au fond, nous sommes tous les mêmes mais tous différents n'est-ce pas ? Certains deviendront même des amis pour toi, et ils t'accompagneront un moment. Mais il y a un soir où la légèreté du monde sera suffisante, et après quelques refus, viendra l'heure de te retrouver véritablement. Tu deviendras ce que tu es, tu deviendras l'Écrit plus fort que les cris, tu deviendras ces mots qui restent et qui résistent au temps, à tout.

PACADIS. – Tout cela a l'air si triste quand tu le racontes ; je sais maintenant pourquoi si peu de gens croient à la voyance. Comment peut-on prétendre en savoir plus que le destin lui-même ? Qui serait assez fort pour déduire une vie à partir de coïncidences ? Continue de raconter des histoires, comme tu viens de le faire ce soir, et tu finiras bien par dire la vérité. Mais ce ne sera pas un heureux hasard.

VIEILLE FEMME. – Ne crache pas au visage de ta propre vie, il se peut qu'un jour tu la croises, à un coin de rue, et qu'elle se moque de toi comme tu t'es moqué d'elle à l'instant ; et qu'elle te le fasse payer. N'oublie jamais ce que tu as à faire, car rarement les opportunités ne se montrent plus d'une fois. Je ne suis qu'une vieille femme, qui dit des choses avec la sagesse et la bienveillance d'une vieille femme ; rien d'autre. Ta mère t'embrasse, petit oiseau, et il faudra bientôt que tu rejoignes ta branche.

PACADIS. – Je dois y aller, le temps est une machine en marche et il n'est pas rentable lorsque l'on s'arrête ; c'est l'heure – ou presque. La lune s'apprête à danser, et je veux y assister.

VIEILLE FEMME. – Chacun, nous languissons les rayons dorés du matin ; et si un jour notre idole de feu décidait de ne pas se lever ?

PACADIS. – Je me le suis assez souvent demandé, mais je n'angoisse plus. La lumière deviendrait électrique. Et puis ce serait tout.

La vieille s'éloigna, en prenant son temps, avant de disparaître au milieu de la foule dense. L'une des rues l'avait certainement aspirée, pour la mener vers d'autres touristes ; pourtant cette place était sans aucun doute l'endroit le plus lucratif pour les attractions de ce genre. Je n'ai pas compris pourquoi elle s'était enfuie aussi rapidement. Il me fallait maintenant aller vers le souk, m'enfoncer dans ce qui est le cœur grouillant de la ville. J'allais hésitant dans une direction, je tournais sans vraiment savoir pourquoi ; je suivais les rues comme on espère sortir d'un labyrinthe, avec le concours d'une chance qu'on nommerait intelligence ou talent, un peu plus tard. Après quelques moments d'errance, je vois enfin un long couloir, sombre et parfumé. Tapissés de draps et d'étoffes, des étals s'offrent aux clients. Une odeur d'encens s'imprègne sur tout ce et ceux qui se trouvent dans le souk.

La marche se fait longue et lente et langoureuse ; laisser aux yeux le temps de tout contempler, tout explorer. L'enfant que je suis redevenu scrute tout. Je cherche le secret que jamais personne n'aurait trouvé. Il y a des tas de choses qui brillent. Le premier vendeur propose des objets en cuivre et en argent ; il doit avoir du succès, il n'y a pas un plateau qui ne soit pas sale où, on l'imagine, des empreintes déçues ont laissé une trace.

Je comprends vite que je ne pourrai pas ressortir du souk sans acheter quelque chose. Tout le monde m'appelle, « algharbi » (« l'Occidental »), me propose des choses. Rien n'a de prix, et quand je demande « Combien ? » on me dit « Combien ça vaut pour toi ? ». Les objets foisonnent, débordent des étals, mais cela ne gêne personne. Je m'y sens bien, dans cette foule. Je passe devant un vendeur de babouches (il y a même des couleurs que je ne connaissais pas !), je respire une odeur de café, de thé à la menthe – deux Arabes sont en train de siroter cette boisson, tout en jouant aux dés. J'avance, du moins c'est ce que je crois ; lorsque je me retourne, l'entrée du souk est toute proche. On me propose encore divers vêtements en tissu : des voiles, une djellaba, même un abat-jour (magnifique, mais malheureusement trop encombrant pour mon voyage). Un objet attire pourtant mon attention, au milieu de ce bazar infini : une lampe à huile. Elle était si lisse que son cuivre donnait l'impression d'être de l'or, un trésor du désert, avec l'espoir que quelque génie vive à l'intérieur. Il faudrait le frotter, pour gagner trois vœux et libérer son locataire. J'essaie de l'acheter, le vendeur veut les échanger contre mes lunettes (c'est un refus catégorique, je ne peux me séparer de ces écrans qui masquent la vérité – mes yeux de drogué, et qui atténuent aussi la confrontation avec le monde). Je négocie pendant de grosses minutes, le vendeur ne lâche pas et ne veut rien entendre de mes propositions ; je fais mine de partir, en feignant de ne plus être intéressé. Peine perdue. Quelques pas plus tard, il ne craque pas, je reviens vers lui en laissant l'un de mes derniers billets. Sans que personne me voit, je la range dans mon sac en frottant l'un des côtés, mais rien ne se produit. Je laisse échapper un sourire, destiné à moi-même, comme pour me moquer de ma propre naïveté. Quel con. J'avance.

Dans une allée, des enfants me bousculent, ils courent tous les trois en file indienne, jouent dans le souk. Je reste encore surprise de trouver autant de vie, à cette heure entre jour et nuit. Le labyrinthe paraît s'engouffrer lui-même dans les entrailles de la ville. Il s'enfonce, et ne cesse de se prolonger, par de longs couloirs, de courtes ruelles qui laissent apparaître à leur tour de grandes rues où il y a encore plus de gens, encore plus de chemins, encore plus de possibilités. Je me donne le droit de ne choisir aucune d'entre elles ; j'avance, et mes pieds se guident dans cette grande bousculade organisée, cette danse, comme un serpent écoute la musique qui lui passe au-dessus de la tête et vient le carresser, centimètre par centimètre, écaille par écaille, jusqu'à ce que les vibrations le portent vers le haut, vers le ciel obscurci. Les vrombissements des voitures et de la foule résonnent et bourdonnent, amplifiés par les murs et les devantures des maisons.

On me bouscule, on me malmène. Je sens une main qui me

redirige, qui m'envoie par là-bas. Je tangue, me balance sur mes deux jambes, métronomes décalés, s'efforçant de garder le rythme impossible de cet endroit que je ne connais pas. Comment je vais faire pour rentrer putain ? Elle est où Alice, elle est passée où ? Depuis hier, je crois, je ne l'ai pas vue. Ou bien c'était ce matin. Je ne sais plus à quel moment j'ai cligné des yeux aussi fort, je l'ai faite disparaitre. Je me rends compte que l'endroit où je me trouve ressemble à ce qu'on appelle une ville basse, où ne vivent que les gens qui n'ont pas les moyens de vivre *au-dessus*, dans l'aisance que propose la hauteur. Alors oui, on est un peu dans l'ombre, un peu plus qu'à l'habitude. Le soleil ne pénètre pas totalement jusqu'ici, mais on continue de vivre. Et peut-être même un peu plus.

Contrairement à ce que j'ai pu voir plus tard, il y avait des fêtes ici, des sortes de garages dans lesquels on entendait un peu de musique, et où de jolies femmes dansaient. Dans certaines de ces salles improvisées, certains hommes jouaient eux-mêmes de la musique, et faisaient battre le cœur de tous ceux qui se laissaient emporter par l'ambiance. Ce devait être un soir de fête, quelque chose de symbolique ; mais je ne comprenais pas. J'ai plusieurs fois cru apercevoir Alice, au loin. Mais ce n'était pas elle. Je me demande bien où elle est.

J'écris : « *Je crois que je n'ai toujours pas compris pourquoi je voyais ces gens faire la fête. Rire, crier, danser. C'était complètement fou. Quand j'étais à Paris, je n'ai pas souvenir d'avoir croisé une ambiance de ce genre, aussi sincère, qui se crée, s'allume comme on craque une allumette dans une salle remplie de feux d'artifice. Faire la fête est si spontané ici, c'est presque paradoxal, dans un pays comme celui-là ; pourquoi ce n'est pas la même chose chez nous ? En fait, j'affirme sans pour autant en être sûr. Je me trouve ici sous la surface du monde réel, dans une heure où la légalité s'estompe en même temps que brille la lune, et je me rends compte que je n'ai jamais participé à ce type d'activités chez moi.*

Voir des gens danser, n'est-ce pas le meilleur moyen de les voir eux-mêmes ? Je veux dire, dans leur abandon au monde, leur abandon devant tout le monde ; la nuit est un monde où les masques sont prohibés, puisque nous pouvons marcher dans le noir, dans l'obscurité rassurante, sans être reconnu. Dans le grand voile, nous sommes nous-mêmes. N'est-ce pas ? »

Je continue de me laisser porter. Une femme chante, en arabe. Avec toute la grâce que l'Orient peut nous offrir, elle casse sa voix et chante plus fort encore. Je regrette, à cet instant précis, je meurs même, de ne pas comprendre ce qu'elle dit ; pourtant la musique parle d'elle-même. C'est sûrement l'amour qui a rendu cette femme si malheureuse, les yeux à demi-cachés, derrière un voile légèrement violet. Elle se fait charmeuse, elle invite du regard tous ceux prêts à vendre leur âme pour aller quelques instants auprès d'elle. Puis, sans prévenir, revient sur sa douleur et dans un soupir, chacun comprend qu'il n'aura aucune chance de saisir ce diamant plus étincelant que les autres. Les rues sont aussi faites pour ça : il faut des caniveaux pour laisser couler le désespoir amoureux.

Le manque de la drogue commence à se faire ressentir. Je sens mon corps transpirer, frissonner, devenir glacial. J'ai l'impression que le moindre coup me briserait en mille morceaux. Je n'ai plus rien dans les poches et pour la première fois pendant le voyage, je n'ai pas pensé à me fournir avant ma sortie. Nous sommes sur le territoire de l'opium et je pourrais certainement trouver des tas d'endroits avec des dizaines de variétés différentes, en foutre plein mon sac pour pouvoir continuer la route sereinement. Je n'y ai pas pensé. Alice n'est pas là. Je crois que c'est pour ça que j'angoisse. À cet instant, je me rends compte que je suis seul, entouré mais seul. Si j'ai un problème, qui je vais appeler ? Et si je faisais une crise de manque, là, maintenant, qui viendrait m'aider ? Je suis sûr qu'on ne viendrait même pas m'aider, et ils auraient raison, les gens, de laisser crever un junkie comme moi au milieu de cette rue, un soir de fête. Je tomberais sur le sol, lourdement, face contre terre, poussière dans la bouche, mes pauvres lunettes brisées, et deux mois après, on dirait à ma mère « Madame Pacadis, votre fils est mort dans le désert, avalé par le sable ». Ma pauvre mère, ça la tuerait. Elle qui meurt déjà de devoir me laisser partir et de me partager avec le monde. S'il m'arrive quelque chose... maintenant... qui serait là ?

Puis, comme une apparition, quand tout semble désespéré, une main sur l'épaule.

ALICE. – Alain ! Tu es là ! Quelle surprise ! Combien de chances pour qu'on se croise dans cette grande ville ? T'as vu c'est génial, tout le monde danse dans la rue, c'est pas chez nous qu'on verrait ça ! T'es tout pâle, tu vas bien Alain ? Mon petit Alain. Pauvre petit oiseau. Il faut qu'on aille recharger les batteries. Je connais un endroit, je l'ai trouvé toute à l'heure, tu verras, il y aura tout ce qu'il faut là-bas. On sera comme chez nous, et on sera bien ; on sera entre nous et tu pourras reprendre un peu tes esprits.

PACADIS. – Tu es sûre ? Tu étais où ? Qu'est-ce que tu as fait pendant toute la journée ? Je t'ai cherché longtemps sans te chercher vraiment, mais par quel hasard tu t'es retrouvée là, devant moi ? Est-ce que tu as visité le reste de la ville ? Tu as acheté des souvenirs ?

ALICE. – Alain, tout va bien. Ne t'en fais pas. Suis-moi et laisse-toi faire. Demain nous aurons tout le temps de discuter de ça tous les deux. J'ai des projets pour nous, et il faudra que je t'en parle. Nous allons bientôt devoir repartir. Nous allons bientôt devoir reprendre la route et aller jusqu'au bout.

Elle me traîne dans des rues, on zigzague ; un coup à droite, un coup à gauche, elle hésite ; tout devient noir. Littéralement. Un quartier où la lumière est oubliée depuis longtemps, débranchée volontairement. Un endroit qu'on veut garder secret et où même les autorités ne veulent pas mettre les pieds : ce serait faire trop d'honneur à cet antre dédié à l'abandon.

On est arrivé dans une sorte de squat, encore plus délabré que ceux qu'on trouve chez nous. Et j'ai compris qu'Alice avait passé sa journée ici. Quelques matelas éventrés sur le sol, quelques personnes aussi, surtout des hommes. L'un d'eux était nu, ses yeux fixés vers le plafond indécrochable ; il s'obstinait à regarder au-delà des barrières physiques du béton. Dieu seul sait ce qu'il voyait à cet instant. L'odeur dans la pièce est insoutenable. Des parfums de corps, de sécrétions en tout genre ; la drogue qui cuit sûrement pas très loin d'ici. Les corps se croisent, avec douceur mais sans aucune tonicité. Chacun est sur une planète inventée de toute pièce, la sienne, et chacun parcours des sentiers inexplorés de l'univers – et surtout de son inconscient. Alice me tire au milieu de ces âmes insalubres et sacrifiées, nous arrivons dans une chambre. Du doigt, elle me montre une jeune femme endormie. Elle me chuchote : « Elle, elle s'appelle Palmyre. Elle est en ruine, ravagée. » Je comprends que l'amie que je tiens par la main était plus tôt dans le même état, et qu'elle s'apprête sûrement à replonger dans cet abîme rassurant. Elle allume un petit transistor (*Pola* – Jabberwocky, qui change après peu de temps en *XXXTentacion* – Moonlight), remonte la manche de sa chemise. Tout le monde est plus beau sous la lune.

ALICE. – Alain, allons-y. Il faut continuer le voyage, il ne faut pas s'arrêter, sinon on n'y arrivera jamais. Laisse-toi faire, penche ta tête en arrière et ne te retiens pas. Lâche prise. Il faut apprendre à lâcher prise. S'abandonner. C'est comme ça que le monde tourne, et on contribue à le faire tourner.

PACADIS. – Je ne sais pas ce qu'il y a là-bas ; j'ai peur, je crois. Je ne sais pas s'il y a de la lumière, ou même un interrupteur qui permet de l'allumer. Parce que tu vois, parfois, c'est bien de pouvoir allumer la lumière. Dissiper tout ce qui ne va pas. Tu crois que ça va aller un jour ? Dis-le moi, jure-le moi. Tu dois me convaincre que je ne suis pas venu ici pour rien. De toute façon, on finira bien par trouver quelque chose non ?

ALICE. – Tu finiras par trouver qui tu es, et je ferai tout ce que je peux pour t'aider. Tu peux me croire. Donne-moi ton bras. Et laisse-toi faire.

L'héroïne est la reine, l'héroïne
Du film qu'elle diffuse ensuite
Une fois diffusée dans le sang
La drogue fige le temps le corps
C'est certainement la raison pour laquelle
On en demande en corps et encore
J'ai fait un rêve pendant que la drogue me rongeait
Pendant que mes yeux reforgeaient le monde
Le monde tel qu'il était quand
Les anges n'avaient pas encore d'ailes
(Les anges ne voulaient pas d'elles)
C'était un homme étrange
Mais qui n'existait certainement pas.

Chapitre 6

L'homme qui a vendu le monde

(Dans mon rêve, nous étions dans la chambre où Alice m'avait allongé, dans le squat. Je pense qu'il faisait nuit, mais impossible de le vérifier : les fenêtres étaient de toutes façons calfeutrées avec du papier journal. Le but était de cacher ce qui se trouvait à l'intérieur, non l'inverse. Le monde ne devait pas voir ce qui se tramait ici. La belle Palmyre n'était plus là, et Alice dormait tranquillement, à sa place. À l'extérieur de cette chambre, il n'y avait aucun bruit ; j'avais l'impression que nous étions coupés du monde, en suspension, en l'air, en dehors du monde, dans ce bloc de béton. Et l'homme étrange était assis là, au bout de mon lit. Il portait un costume comme celui que portent les hommes d'affaires, ceux dans la finance. Ceux qui achètent et vendent tout et n'importe quoi, pourvu qu'il y ait un profit à faire. L'homme avait aussi une mallette, comme en ont tous les hommes d'affaires de ce genre. On n'achète rien sans preuve ; dès qu'il y a un échange, il faut qu'il y ait des preuves. Alors la mallette sert à conserver et compiler les preuves. La seule différence avec l'homme d'affaire habituel était le chapeau qu'il avait sur la tête – sorte de chapeau melon, évidemment noir, et une paire de lunettes à verres noirs, mais extrêmement brillants.

Son visage de profil, il a certainement senti mon regard. Sans bouger, il esquisse un sourire en coin. L'instant m'avait paru durer une éternité. Mais bon, les rêves c'est souvent comme ça. On croit rêver des heures, mais c'est juste quelques minutes avant le réveil, enfin c'est ce que j'ai entendu dire, on arrive à se faire des histoires qui pourraient durer des vies entières, mais en réalité notre cerveau simule tout ça et il se passe juste quelque chose comme cinq ou dix minutes. Ils disent que le temps s'étire un peu, se déforme, tout ça juste avant qu'on se réveille, et que les impressions ne sont pas les mêmes que dans la réalité. En fait on ne rêve pas vraiment, mais notre cerveau imprime l'histoire qu'il veut nous raconter et nous, on croit qu'on vient de rêver pendant toute la nuit. On raconte aussi que ceux qui ne rêvent jamais vivent moins longtemps que les autres. Un rêve, c'est une sorte de vie en parallèle, une autorisation supplémentaire accordée, lorsque l'on respecte les règles de ce monde-ci, pour avoir une vie dans une autre dimension. Un ticket, comme un tour de manège. C'est vicieux, des fois on se réveille alors qu'on voudrait rester bloqués ; on revient avec une sensation bizarre, la réalité est fade. Mais dans les deux cas, le Patron est le même. Toujours.

Dans ce rêve, ou trip, ou bad trip, je ne sais pas trop, j'avais l'impression que j'allais devoir m'expliquer avec le Patron, être face à lui et justifier ma vie. Après tout c'est vrai, quand on échange quelque chose, il y a des contreparties : on donne une vie, il faut de temps en temps veiller à ce que celle-ci soit bien utilisée, entretenue correctement. Il faut accomplir au moins une chose bien par jour sinon on risque de nous retirer notre chance. J'essaie pourtant, je fais de mon mieux, je fais ce que je peux ; quand j'y pense. Peut-être que je n'y pense pas assez ? J'angoisse. Je sais que je suis dans un état second mais c'est plus fort que moi, ce moi-là est plus fort que moi. Je transpire, dans la chambre, mais je suis incapable de bouger. Mon souffle s'accélère, je me sens fiévreux tout à coup ; mon cœur. Et s'il lâchait là, maintenant ? C'est vrai que j'ai fait le con, je le confesse, je l'avoue, je le crie – si seulement je le pouvais ; c'est vrai, je n'ai jamais aidé personne à traverser la route, ou même porté les courses d'une mamie jusqu'à sa voiture. Putain ! Mais ça change quoi au fond ? Qu'est-ce qui nous rend bon dans ce genre de situations ? L'altruisme ? Bordel, je sens que je vais crever, mon corps se dérègle, mon cœur va lâcher. Est-ce qu'aider quelqu'un à traverser la route aurait pu m'empêcher de mourir ici, comme ça ? J'ai été égoïste, j'ai cherché des solutions à mes propres problèmes ; mais on est notre seule préoccupation non ? Il faut aller bien, on le doit aux autres. Mon bras, la piqûre me fait tellement mal. Mon souffle se coupe, je suffoque.

Et j'ai eu peur comme ça pendant de longues minutes. Tremblant, suant. Je crois que je voulais mourir.

Alors Il s'est approché de moi, et a posé sa main sur mon épaule.

C'est vrai, qu'est-ce que j'allais dire... Qu'est-ce que j'ai accompli, moi, Alain, petit Pacadis, ce Je que je traine depuis des années, et pour des années, ce Pacadis qui se cherche sans jamais se trouver ? Partir en quête de cette réponse me paraissait complètement absurde, et pourtant si nécessaire à la fois. Définitivement, je ne représente que mes actes, et avant de trouver ma place, il faut bien que je vois toutes les options qui s'offrent à moi. Et de la même manière, avant de n'aimer qu'un seul homme, il faut bien voir tous les autres. La vérité n'existe que par rapport à des mensonges. Il n'y a pas de normalité. Il y a ce qu'on est. Point.

Toujours la main sur mon épaule, Il a souri à nouveau. Et s'est évaporé.

Chapitre 7

Presque Amina

À mon réveil, un solide mal de crâne. Quelques rayons passaient à travers le papier journal déchiré, mal collé sur les fenêtres. Alice était allongée à côté de moi, à demi-nue, belle. Palmyre, la déesse arabe en ruine, était de l'autre côté de la chambre, sur son matelas, dans l'exacte position qu'elle avait quelques heures plus tôt. Elle faisait partie de ces choses figées, ces décors vivants qui jamais ne changent. Je ne sais pas si c'était juste une impression, mais elle appartenait tout entière à l'environnement, du moins à ce microcosme, et y appartiendrait jusqu'à la fin des temps. Elle est inoubliable, comme ces mystérieuses rencontres de rue, où un éclair frappe de toutes ses forces deux inconnus. Du peu que j'ai pu m'en apercevoir, son visage était très beau. Elle ne ressemblait pas à tous les drogués qui fréquentent cet endroit, mais à une fille échappée d'un harem, à la recherche d'un refuge. Peut-être qu'elle était recherchée, qu'un sultan de la région voulait lui remettre la main dessus, et la capturer de nouveau pour la jeter au milieu d'autres femmes devenues insignifiantes. Elle était différente, une fugitive radieuse. Alice me dira plus tard l'avoir vue avec beaucoup d'hommes, qui échangeaient ses faveurs contre un peu d'argent ou d'opiacés. Prolonger la misère contre une dose de plaisir charnel. Voilà comment résumer une époque hypocrite de manière très efficace.

La misère s'abat aussi sur les pauvres voyageurs que nous sommes. Je tâtonne aux alentours de mes poches, désespérément vides. Entre les frais quotidiens, les bus et divers taxis, il ne me reste plus rien. Plus une pièce. Désormais c'était devenu la priorité : trouver de l'argent et continuer à avancer. Islamabad n'était encore qu'une étoile au milieu de notre horizon de sable. Notre étoile du nord. Une fois qu'Alice sera levée, il faudra y aller.

C'est l'heure.

Aussitôt que ma belle amie s'était décidée à ouvrir un œil, nous étions déjà en train de remonter les rues, le souk et les grandes places pour retourner chercher mes affaires à l'hôtel. Le Continental était visible d'assez loin, ses façades uniquement composées de fenêtres lui donnaient un aspect de phare en plein jour. Il suffisait de suivre l'immense reflet, pour s'y retrouver à coup sûr. Une fois rendu à la réception, j'ai pu tenter de joindre ma tante (ma mère ne répondait toujours pas au téléphone). Au deuxième essai, elle finit par me répondre, me demande comment ça va, si tout se passe bien, si ce n'est pas dangereux, quand je compte rentrer. Elle me dit également qu'elle va m'envoyer un mandat pour récupérer un peu d'argent, dans l'heure qui suit. J'étais content, je tenais mon billet de sortie, et celui d'Alice par la même occasion ; elle non plus n'avait plus rien, et je crois même qu'elle n'a jamais eu d'argent. Disons qu'elle avait quelques talents qui lui permettaient de se remplir ponctuellement les poches, ou bien d'obtenir des faveurs bien précises. Quoiqu'il en soit, une heure plus tard, nous étions de nouveau en mouvement.

Le bus partait en tout début d'après-midi, ce qui nous laissa le temps de récupérer quelques petits souvenirs (un paquet d'herbe pour moi, et quelques grammes d'héroïne pour Alice). Malgré tout, malgré l'innocence et la naïveté qui accompagne celui qui se croit invincible, je m'inquiétais pour elle. Son état de santé ne devait pas être au beau fixe : des cernes, les joues creuses, la peau pâle. Elle passait son temps à dormir, se droguer et danser jusqu'à ce que la nuit l'emporte. Ma seule peur n'était pas de la perdre, je ne la connaissais pas ; c'était de la perdre pendant le voyage et devoir continuer tout seul. J'avais besoin d'elle à mes côtés.

Il se passa tout de même quelque chose d'assez insolite. Un mec fringué comme un roi du pétrole, style cheik, voulait acheter Alice pour en faire sa quatrième femme. Il l'avait remarquée sur le pas de l'hôtel, avait fait arrêter sa Pontiac (perdue au milieu du désert) juste devant nous. Son chauffeur s'était précipité pour lui ouvrir la porte, l'homme était sorti majestueusement jusqu'à se planter devant Alice. Sur le moment, c'était quelque chose de très drôle. Dans un anglais à l'accent oriental très marqué, il lui a proposé de le rejoindre dans sa kasbah riad, en compagnie de ses trois autres femmes – elle deviendrait la plus jeune, et elle s'appellerait Anissa. À ma plus grande surprise elle a refusé, non pas parce qu'elle n'aimait pas le nom d'Anissa, mais plutôt parce qu'elle ne voulait pas être remplacée par une éventuelle cinquième femme. *« C'est vrai quoi, s'il en a a déjà trois, il va pas se gêner pour en prendre une cinquième ou même une sixième ».* L'homme est reparti un peu vexé, nous laissant de quoi le contacter si jamais elle changeait d'avis. Il la dévorait du regard. En le regardant s'enfoncer au milieu du trafic, Alice a lâché quelques mots : « *L'homme de ma vie est à la fin du voyage, ou alors il n'existe pas.* » Ça m'a marqué, je crois.

Elle est comme une gosse.

Quelques heures après, elle s'est rendue compte qu'elle venait de passer à côté d'un bon paquet d'argent, et d'une vie qui revêtait certes moins de libertés, mais dans le fond paisible et sereine. Qu'il en soit ainsi. *Inch'allah.* Alice, impulsive : « *De toutes façons j'en ai rien à foutre, je finirai bien par trouver un mec riche, peu importe où il se trouve, et je lui prendrai tout son fric. C'est vers lui qu'on va, il est à la fin du voyage ou alors je le trouverai jamais. C'est sûr et certain.* » Je ne comprenais pas vraiment son projet. Mais elle ne devait pas plus comprendre le mien. Je pense qu'elle ne sait pas ce qu'elle veut, ou que son désir change d'un instant à l'autre, selon la tournure des choses. Comment faire la différence entre le nécessaire et le vital ? C'était le point sur lequel Alice et moi étions en désaccord permanent. C'est certainement pour ça qu'on ne s'est plus croisés après ce voyage. Quoi qu'il en soit, nous avons pris le bus en temps et en heure. Et la longue route infinie vers le bout du monde nous tendait, encore une fois, ses grands bras sinueux.

Chapitre 8

Vite fait lucide

PACADIS. – Dina ? Ma Dina, dis-moi que tu es là. Viens là, près de moi. J'ai toujours eu besoin de quelqu'un, tu le sais, je n'ai pas besoin de te le dire et de te le répéter à chaque fois. Dina, c'est difficile d'être seul, et plus encore d'être à deux ; la solitude est une virgule qui se met entre les gens, et qui les éloigne. Un jour, ils finissent par devenir deux inconnus. Ce n'est pas ça que je veux. Nous avons déjà été des inconnus, avant, l'un pour l'autre, toi pour moi, deux regards qui se croisent et se reconnaissent, sans avoir besoin de se parler. Cette soirée, cette nuit, avec toi, je ne l'oublierai pas. Et dans l'abîme sans fond des nuits sans lune, ce soir, alors que les astres cloués aux cieux sont déjà morts peut-être morts depuis des siècles mais toujours visibles (la définition de la beauté), je voudrais revoir ton visage, tes yeux radieux, comme la première fois. Retrouver la fameuse seconde où tout a basculé, où je me suis sentir partir, à l'abandon, enfin dans le monde. Dina. Quelle longue histoire pour un prénom si court et combien de temps il faudrait pour raconter tout ce qui s'est passé entre toi et moi. Une phrase peut-être, plus longue. Quelques mots, construire des phrases. Aller jusqu'à assembler des paragraphes pour donner du sens. Mais un livre est toujours une perte de temps. On ne sera plus là pour tourner ces pages faussement nostalgiques. Non. Il y a quelque chose à faire, maintenant ; si tu viens, si tu sors de cette chambre ou de la salle de bain, que tu me rejoins, on sera comme à nos débuts, comme à la première seconde et peut-être même juste avant celle-ci. On sera capable de tout revivre, encore. Quand je t'ai vue arriver. Belle. Sur tes hauts talons, bruyants. Je me souviens de ta veste en cuir qui tombait de ton épaule, la gauche, et que tu fumais de la main droite. Tes lunettes noires ne te cachaient pas, au contraire, je voyais tout. Je savais qui tu étais, je te connaissais. Et ton sourire m'a montré que toi aussi, tu m'avais reconnu.

C'est comme si on s'était croisés quelque part, et qu'on avait discuté pendant une nuit toute entière. On se serait quittés, volontairement devenus amnésiques, pour mieux se retrouver quelques temps plus tard. Au coin d'une rue. En attendant de traverser, devant un putain de passage clouté. Et on aurait reconnu nos parfums.

Dina. Je ne peux pas être seul. J'ai besoin de toi, regarde-moi. Alors viens, s'il te plait. Ne me laisse pas au milieu de ces souvenirs. Viens, et pose la main sur mon épaule.

Chapitre 9

La fin, les yeux dans les yeux

Avant, bien avant d'arriver à Téhéran, au beau milieu des dunes.

C'était donc vrai. Il se disait que des groupes armés sillonnaient les sables, et arrêtaient tous les véhicules qu'ils pouvaient pour braquer leurs occupants, parfois pour les prendre en otage. Évidemment, on pensait passer à travers tout ça. Pourquoi ça nous arriverait à nous, précisément ? Alice m'avait dit que c'était certainement des histoires pour empêcher l'invasion en masse d'Occidentaux des régions les plus reculées du pays. Des contes, des légendes pour faire trembler les touristes. Après tout pourquoi pas. Chacun a le droit d'inventer des mythologies pour protéger son patrimoine. Mais comme nous allions le constater, tout cela était malheureusement bien réel.

Depuis ma place dans le bus, je ne les ai pas vus arriver. Et je me demande encore aujourd'hui par quelle magie ils sont arrivés aussi rapidement. Ils ressemblaient à des cavaliers sortis tout droit d'un livre de contes. Dans de gros 4x4 Ford, ils naviguaient sur les dunes avec une aisance déconcertante ; ils amenaient derrière eux une tempête de sable, comme s'ils la contrôlaient. Les moteurs ronronnaient une mélodie dont personne ne connaissait la signification. Déjà ils sont en train de descendre de leurs tout-terrains, plusieurs personnes, peut-être onze ou douze, armés. Ils nous ont sortis du bus un par un, dans une maitrise professionnelle, sans aucune panique de leur part. Quelques mots en arabe fusent entre eux, ainsi que des ordres lancés aux passagers. Tout le monde ou presque pleurait. Ils étaient beaux. Ils portaient une sorte de combinaison légère, noire, comme les touaregs ont l'habitude d'en porter. Des pieds jusqu'à la tête, juste leurs yeux permettaient de se rendre compte qu'il y avait quelqu'un sous ces tissus. Je suppose que c'est plus pratique pour se promener dans le désert, plus aéré ; on ne se rend pas compte à quel point c'est difficile de marcher dans le sable, sans être équipé pour. Alors, quand l'un d'entre eux m'a ordonné quelque chose en arabe, j'ai fait ce qui me paraissait le plus naturel à cet instant : je me suis mis à genoux et j'ai croisé mes mains derrière la tête. Il m'a empoigné, m'a jeté au sol, avant de me replacer plus près du groupe d'otages. Alice s'est lentement agenouillée à côté de moi, quelques larmes ont coulé sur ses joues avant de tomber lourdement sur le sable, et sécher aussitôt. Les autres passagers ont continué de se placer à côté de nous, en rang, et nous attendions que la douzaine d'hommes décide de notre sort. Le temps peut être si long parfois.

À vrai dire j'étais fasciné par celui qui m'avait empoigné. On sentait, malgré sa tenue et le foulard qu'il portait sur le visage, que c'était un homme dur, musclé, capable de me soulever d'une seule main. Cette virilité était impressionnante, et attirante. Je le cherchais du regard, bien qu'il était difficile de les différencier les uns des autres. Ils discutaient toujours, là-bas, un peu plus loin, tandis qu'un des leurs était venu monter la garde, armé d'une kalachnikov. Le soleil, imperturbable et peu concerné par notre sort, continuait sa course folle dans l'horizon. Quelques reflets venaient réchauffer le métal de l'arme, comme pour la préparer.

La chaleur était insoutenable. Alice avait fini par se reprendre, et se murmurait quelques mots que je ne comprenais pas. Je ne dirais pas qu'elle priait, parce que je ne pense pas que ce soit son genre, mais c'était de cet ordre-là. Elle demandait des trucs, et jurait d'avoir une vie saine si elle s'en sortait. Elle demandait d'être épargnée car elle n'avait pas terminé son voyage et elle voulait aller jusqu'au bout et surtout, qu'elle ne ferait plus de bêtises. Que si c'était sa punition, c'était cher payé pour quelqu'un qui n'avait fait de mal qu'à elle-même. Je me dis que ce n'était peut-être pas une si mauvaise idée de faire pareil. Une petite prière, qui sait les résultats que cela peut avoir ? Et puis j'ai regardé autour de moi. Autour de nous. Non, il ne peut pas y voir de dieu ici. C'est bien trop loin du monde.

Une fois leur discussion terminée, ils sont lentement revenus vers nous. Ils nous ont fouillé un par un, et ont récupéré tout ce qui pouvait avoir un peu de valeur. La bague d'Alice. C'est aussi comme ça que j'ai perdu le portefeuille de mon père, toutes les photos qui étaient dedans, un porte-clés qui représentait le drapeau de la Grèce, et un vieux Zippo acheté aux puces à Saint Ouen. L'homme qui récupérait mes affaires ne me parlait pas, ne me regardait pas. En m'arrachant mon portefeuille, il s'est rendu compte que j'étais français à cause des papiers. Et c'est là que j'ai vraiment commencé à avoir peur. Jusqu'à présent tout cela paraissait un peu lointain, un peu comme dans un mauvais rêve. Il ne pouvait rien nous arriver, puisque tout cela ne nous concernait pas. Non, c'était impossible que ça se termine ici, maintenant. Et pourtant, le canon définitivement réel de l'arme est venu se loger sur ma nuque, avec une douceur inattendue. Mon regard se figea dans le vide ; un regard qui n'était pas celui de la peur, mais plutôt celui de l'absence : cette absence qui habite toute existence et que l'on cherche sans cesse à remplir. J'en étais là. J'aurais pu m'étendre au milieu de ce monde oublié, en larmes, en suppliant ces bourreaux avec des prières qui n'étaient pas de leur langue. Et puis, des paroles prononcées en français, avec un fort accent arabe :

HOMME DES SABLES. – Pourquoi tu es là, toi, le Français ? Qu'est-ce que tu fais ici ?

PACADIS. – Je suis ici à ma place, je suppose, puisque c'est le hasard qui m'a emmené ici. Et je sais, pas de source sûre, mais

71

je sais que c'est le hasard qui décide de tout. Je me promenais dans le désert, à la recherche de quelque chose que je ne suis même pas certain de trouver. Nous sommes tombés sur vous, ou vous êtes tombés sur nous, et maintenant notre sort - qui n'est plus un hasard - est entre vos mains. Vous nous possédez, vous me possédez, et vous avez le pouvoir. Faites en sorte d'accomplir ce qui doit être régler ce jour, ici et maintenant. Ne décevez pas les volontés du hasard.

HOMME DES SABLES. – Alors tu cherches. Tu es perdu, et tu viens ici en pensant que tu vas trouver ce que tu cherches. Tu vois bien ici qu'il n'y a rien. Nous venons de nulle part, et nous allons y retourner. Alors, si tu me dis ce que tu cherches, si tu l'exprimes clairement, je te laisserai partir pour aller le chercher. Je t'admire, parce que toi, comme moi, tu as quitté ton pays, tu as traversé des frontières pour rejoindre cette chose que tu imagines. Il faut du courage pour tout quitter. Tu es courageux. Il faut de la folie pour tout risquer. Tu es fou. Mais il y a bien une mère, quelque part, qui s'inquiète pour son petit et ce serait une erreur de ta part de laisser passer la chance que je te propose. Tu es à genoux, dans le sable, et tu regardes celui qui a le pouvoir de vie ou de mort sur toi ; moi, qui accompagne les tempêtes de sable, je suis debout et je tiens ton futur du bout des doigts. Il t'appartient maintenant, de vivre.

PACADIS. – Ce que je cherche ? Qu'est-ce que nous cherchons, nous tous ? Je cherche celui qui sera capable de répondre à cette question. Je cherche à contenter tout le monde, et à me faire une petite place aussi. Je cherche un contact, un confort, à me perdre pour me retrouver ensuite ; je cherche un beau mec, classe et distingué, qui soit tout le contraire de ce que je suis, pour que je puisse me définir au moins par contraste. Je cherche à savoir ce qu'il faut faire, je cherche à ce qu'on me montre une voie, que je suivrai, parce que je suis incapable de faire la mienne. Voilà une réponse très incomplète, mais toutes ces questions sont déjà des réponses et cela ne te conviendra pas. Elle ne me convient pas non plus. Mais je suis désolé de ne pas pouvoir plus t'aider. Non plus.

L'arme se baisse tout doucement.

Il y a deux mondes, c'est prouvé ; celui dans lequel on vit et celui qu'on décide de se créer, plus poétique. Ce que je recherche, par-dessus tout, c'est de pouvoir avoir une vie qui me permette d'assister indéfiniment à un lever de soleil. Je ne sais pas si c'est possible, je veux dire humainement possible, de regarder un lever de soleil dans un pays, admettons l'Australie, de prendre l'avion pour un autre pays, d'y atterrir, et de regarder un autre lever de soleil, mais qui serait en réalité le même. Et de continuer comme ça, toute la vie. Tu me demandes ce que je cherche, et je te réponds que je cherche à devenir ce chasseur de soleil que je t'ai décrit. Et tu sais quoi ? C'est ce qu'on cherche tous, mais personne n'ose le dire, mon ami.

L'arme remonte tout doucement.

Il est l'heure.

HOMME DES SABLES. – Les autres voulaient vous tuer ici, comme des chiens. Mais nous savons bien, tous les deux, que les chiens ne viennent pas dans le désert, car ils ont conscience qu'ils manqueraient d'eau et qu'il serait dangereux d'y rester trop longtemps. L'homme est parfois plus idiot que l'animal qu'il tient en laisse. Je vais vous laisser vivre, toi et le doute que tu traines partout, car je ne veux pas être celui qui va abattre ta tristesse ; c'est un acte qui te revient. Tu n'as pas répondu ce que j'attendais, mais peu importe. Continue ta route, et nous reprenons la nôtre. Je vais voir avec les autres ce que je peux faire pour vous.

PACADIS. – Donne-moi la réponse que tu attendais.

HOMME DES SABLES. – Nous ne cherchons pas à attraper toutes les lumières du soleil ; nous cherchons la place à l'ombre qui nous a été réservée, et où nous reposerons à tout jamais en paix.

Après ces paroles, ils ont discuté ensemble. Ils sont remontés dans leurs 4x4, et nous ont laissé là, comme si rien ne s'était passé. Ils sont partis dans un tourbillon de sable bruyant, d'où résonnaient les hennissements de leurs montures motorisées. Je ne saurais pas dire combien de temps tout cela a duré, ni même combien ils étaient en réalité. Ces cavaliers fabuleux, déjà perdus de vue sont repartis, avec la discrétion d'un songe. Alice s'est jetée sur moi, et m'a remercié. Elle transpirait beaucoup, et tremblait également beaucoup ; pourtant cela ne ressemblait pas à de la peur. Quelque chose venait de se jouer, et il nous faudrait certainement beaucoup de temps pour nous en remettre.

Une fois assis dans le bus, Alice s'est roulée un joint qu'on a partagé. J'avais besoin de décompresser. De faire redescendre la pression. De chasser la chaleur emmagasinée dans mon corps. La drogue est l'ombre de l'esprit, et permet un peu de répit. Je ne voulais pas me retenir d'en profiter cette fois-ci. Alice s'est finalement endormie, et je crois que je me suis endormi aussi quelques minutes plus tard, la tête collée à la vitre, et le regard plongé dans le ciel le plus bleu que j'ai pu voir dans ma vie.

Chapitre 10

Et le sable aura raison de nous

Après deux semaines difficiles en Afghanistan (principalement composées de trajets en bus, d'arrêts sur des bords de routes perdues et de défaillances mécaniques légères), nous arrivons enfin à la dernière étape prévue de notre voyage. Islamabad était là, juste au bout d'une longue route bordée de réverbères d'un style vaguement moderne. Depuis quelques jours, la qualité de la chaussée s'améliorait et, inconsciemment, nous sentions que la fin était proche. Alice était contente, car elle ne supportait plus les trajets comme ceux-là ; sa santé physique n'était pas au beau fixe, et même si elle essayait de faire bonne figure, c'était trop flagrant. Sa folie des semaines précédentes s'était éteinte, au profit d'un calme inquiétant. Je ne la retrouvais plus. Son sourire était forcé, ses yeux ne laissaient plus paraitre qu'un regard sans flamme.

Quand je lui faisais remarquer « *Ça va Alice ? Qu'est-ce qui se passe ?* », elle me disait que c'était rien. « *Sûrement la chaleur* », « *C'est rien, j'ai des périodes comme ça, on a tous des hauts et des bas, tu sais bien* », « *On est au bout, ça va aller mieux ne t'en fais pas* ». Ça ne me rassurait pas vraiment. Elle était pâle, et ses joues creusées m'orientaient sur une autre piste un peu moins joyeuse. De plus en plus maigre. J'avais déjà vu des gens comme ça, dans des squats parisiens, entre deux cours de l'École du Louvre. Et aussi dans des soirées underground. C'était des symptômes qui prouvaient qu'elle était une junkie pure et dure. Son corps ne supportait plus la défonce quotidienne. Ses fonctions vitales, abîmées, ralentissaient ; Alice ne s'en rendait pas compte, rongée par l'illusion d'être encore plus elle-même. Si l'on devait tenir les comptes de tout ce qu'elle s'est injectée dans le sang depuis qu'on avait quitté Paris, on serait bien au-delà de toutes les recommandations – même les plus extrêmes. Il m'arrivait même de m'interroger, en la regardant : comment arrivait-elle encore à tenir debout ? Sa pulsion de vie devait maintenir son cœur, comme un défibrillateur vient redonner vie à un mourant. Elle avait parfois un certain regain de force et en profitait pour se rouler un autre joint.

Cette autodestruction programmée, consciente, révélait certes quelque chose, mais cela me dépassait. Je m'étais déjà posé la question quelques fois, mais il était temps d'en venir à l'évidence : je ne la connaissais pas. Je le pensais, mais le fait est que cette fille traversait l'existence si vite, qu'elle ne laissait aucune chance de la connaître pour quiconque souhaitait en savoir plus. Quelle vie avait-elle ? À Paris, je veux dire ? Quelle vie pouvait à ce point amener quelqu'un à se détruire d'une telle manière ? On oublie de dire ces choses quand on se présente à quelqu'un, quand on parle de soi ; d'ailleurs, ce ne sont pas ces « détails » qui sont importants. Non. Les détails sont, comme leur nom l'indique, des détails. Cependant, en profondeur, il y a des rouages plus vicieux qui nous façonnent, des mécaniques inconscientes que notre esprit ne divulgue pas aussi facilement. Le plus souvent, nous-mêmes n'en savons rien. Ce n'est pas « Qui nous sommes » qui importe, mais bien « Comment nous sommes ». Comment en sommes-nous arrivés là ? Quelles sont les articulations de la vie de cette belle Alice qui l'ont menée à se mettre dans des états pareils ? Je n'en avais aucune idée, et c'est pour cela que je ne pouvais ni l'aider, ni la comprendre. Et de fait, je ne pouvais pas non plus la juger. Mon seul rôle, si réellement je devais en avoir un, est celui de l'accompagner tant que cela sera possible, et de faire en sorte d'arriver avec elle au bout de l'objectif qu'on s'était fixé. Il fallait mettre un terme à ce pèlerinage, sur les routes vicieuses de l'opium. Nous étions prévenus, à propos des dangers de ce voyage, surtout à cause des pays par lesquels on allait transiter. Ce que l'on avait oublié de nous dire, c'était que le plus grand des dangers était en fait nous-mêmes. Et ça, je pense qu'Alice ne s'y attendait pas.

Islamabad est une ville merveilleusement normale. Je m'attendais à quelque chose de plus archaïque, de plus traditionnel. La féérie n'était pas au rendez-vous et finalement, nous étions dans une ville, comme il en existe des milliers d'autres autour du monde. Le dépaysement était terminé, ce qui n'était pas pour me déplaire ; le désert perdait peu à peu ses couleurs, en devenant moins doré et un peu plus bétonné. Comme chez nous, les gens avaient l'air occupés, préoccupés même à cause de leur routine, de leurs boulots. Nous venions de remettre un pied dans quelque chose de rassurant. C'est pour cela que, en posant un pied hors du bus, j'ai bien compris que le voyage touchait à sa fin. Ce n'était pas une sorte de pressentiment pessimiste, simplement une constatation bien réelle. Quelque chose dans l'air, un parfum peut-être ; nous étions au bout de quelque chose.

J'écris : *Même la plus longue route s'arrête à un moment, et vient enfin la fin du voyage, et les souvenirs de toutes les haltes témoignent du chemin. Au bout de la route on trouve l'infini de l'horizon violet, là où les dieux enchainent le soleil à la terre ; déjà là se montre une autre route, qui mènera à d'autres routes et à plus encore. La fin comme un recommencement, comme l'eau s'envole pour mieux retomber avec la pluie, partir pour apprendre à revenir, et s'enfuir pour s'abandonner soi-même dans un coin du monde. Malgré les guides et les panneaux, les flèches les directions les distances, on est si proches de nous-mêmes et pourtant si éloignés du monde lui-même.*

Je ne m'attendais pas à ce que la fin soit aussi éprouvante. J'ai tout de même eu le temps de me perdre pour découvrir quelques petites rues et de grands bâtiments vitrés, sans savoir à quoi ils correspondaient. L'architecture de la ville était très intéressante pour moi, ancien étudiant à l'École du Louvre. Ç'avait été un bonheur de se perdre dans ces villes gigantesques, de ne plus être sûr de retrouver son chemin, de devenir une fourmi devant ces géants des villes et d'admirer le mélange d'architectures typiques et modernes. Je regretterais peut-être plus tard de ne pas avoir vu tel ou tel monument, de ne pas m'être attardé dans telle boutique. Mais peu importe.

Dès notre sortie du bus, on a trouvé un hôtel pas cher, pas très loin du centre-ville historique. Il me restait encore quelques billets à dépenser, Alice espérait que j'aille lui chercher quelques grammes de son « remontant ». Mais la priorité était toute autre, puisqu'il fallait commencer à préparer notre retour. J'avais prévu de demander à ma tante de m'envoyer la somme nécessaire après avoir profité un peu de la ville – je devais la rembourser après avoir trouvé du travail, en rentrant en France. Elle me répétait sans cesse que je ne savais pas gérer mon argent, ce qui était vrai, et il faut dire que ma camarade de voyage ne m'aidait pas non plus. Je la soupçonne même de m'avoir volé, au moins une fois, pendant que je dormais. Elle, elle n'avait personne pour l'aider à financer son voyage. Alors je me disais que ce n'était pas grave. Ma situation était certainement plus facile que la sienne et bien que cela ne l'excusait pas, je ne me voyais pas en train de le lui faire remarquer. Et son état physique ne s'arrangeait pas ; pire, il se dégradait à vue d'œil.

La deuxième ou troisième nuit à l'hôtel a été très agitée. Nous partagions un lit, et la chaleur nous obligeait à dormir avec les volets grands ouverts. Islamabad est, comme toutes les grandes villes, un endroit qui ne s'endort jamais : voitures, mobylettes, groupes de jeunes. Chacune des discussions était comme une scène de théâtre. J'écoutais ces tragédies (en un seul acte, ou parfois, une seule scène) sans arriver à fermer l'œil de la nuit, imaginant les comédiens et protagonistes de ce théâtre.

HOMME. – C'est toi que j'ai toujours voulu, et je suis content d'être ici avec toi, de voir et de partager tout ça avec toi.

La femme éclate en sanglots.

FEMME. – Et pourtant, tant de fois tu m'as trompée. Et si tu recommences un jour, je te tue.

Même à l'autre bout du monde, comme un langage universel, il y a toujours un homme qui trompe une femme. C'est une musique que l'on entend et qui se joue dans toutes les langues du monde, avec des pleurs, de la colère et de la haine. L'amour lui, est un vagabond qui vit les mains dans les poches, et qui attire parfois l'attention de quelqu'un, qui vient d'un pas hésitant lui filer une pièce.

Alice, glaciale, reste maintenant allongée toute la journée. Je m'aventure quelques fois en dehors de la chambre d'hôtel pour aller chercher de quoi manger un peu, et lui remplir l'estomac avec autre chose que de l'eau limite potable. Elle n'a pas la force de sortir de cette chambre, pas même de tenir sur ses jambes plus de quelques minutes. Le mal s'est emparé d'elle, s'est inscrit en elle, et ce qui ressemblait au début à une grosse fièvre passagère, semble devenir de plus en plus sérieux. Je lui demande pourtant de consulter un médecin, mais elle refuse de manière systématique. Elle reste bornée, volontairement aveugle au danger, en cohérence avec ce qu'elle a toujours été : l'incarnation de l'insouciance. Secrètement, j'admirais cela parce qu'elle m'a montré que c'était une bonne chose pour avancer dans la vie, quelques fois. Seulement, elle révèle ici la frontière qui existe entre insouciance et folie ; basculer est si simple et si invisible à la fois. Rien ne pourra la faire décoller de ce lit. Enfin, quand je dis rien, il y a bien quelque chose : « *Va me chercher deux petits grammes Alain, vas-y pour moi ; tu vois bien que seule je ne pourrai pas y arriver, que mes pieds ne me portent plus et que mes forces sont endormies. Pour une amie, tu peux bien faire ça non ? Rallume le feu Alain* ». Je m'y refuse catégoriquement. Elle a déjà un pied dans le précipice qu'elle a creusé elle-même, tout au long de sa vie, et je ne veux pas être celui qui la pousse. Je n'ai pas la force d'assumer cette responsabilité. Je me contente de lui apporter à manger, à boire quand il le faut ; le reste du temps, on attend. Elle me serre dans ses bras, se rendort, cauchemarde. Assis sur un fauteuil du salon, stylo à la main, je l'entends crier. Je sursaute, vais la voir. Elle grelotte, transpire. Je tremble aussi, avec elle. J'ai peur. J'ai peur de savoir comment tout cela va se finir. Je me mets à côté d'elle, j'attends. Dans la rue, dehors.

Des bruits de pas. Deux personnes sous la fenêtre. Elles s'arrêtent.

PREMIER HOMME. – Je crois que c'est là. L'adresse que le mec m'a donné, c'est là.

DEUXIÈME HOMME. – T'es sûr ? Il a dit qu'il vivait dans un immeuble sans lumière, avec des rideaux tirés à sa fenêtre. Je vois pas ça moi.

PREMIER HOMME. – Si, regarde au troisième étage *(silence).* Bon, je monte. Je te dirai comment c'est, et si ça marche. Je te dirai le vœu que j'ai fait et s'il s'est réalisé.

Alice se met à tousser, fortement. Après une quinte de toux qui n'avait pas réussi à la réveiller, elle a continué à dormir. Et moi à côté d'elle.

Le lendemain matin, malgré un petit déjeuner assez copieux, elle n'avait toujours pas assez de force pour se lever du lit. Elle n'avait même pas essayé en fait. Cette résignation prouvait que quelque chose était en train de se passer. Elle refusait toujours de se faire examiner par un médecin, mais comme elle n'avait pas la force de contester, j'avais décidé d'aller en trouver un moi-même. Ça serait également l'occasion de trouver un call-center pour demander quelques billets à ma tante, et réserver mon retour aussi vite que possible. J'étais allé jusqu'au bout, personne ne pouvait dire le contraire. Je n'avais certes pas croisé le chemin de ces hippies que je cherchais. J'ai trouvé d'autres choses à la place. Du moins je crois. Je n'ai pas envie de me retrouver seul, et puis ma vieille mère doit avoir besoin de moi maintenant. Deux, trois, six mois. Depuis combien de temps ? J'aurais dû compter le nombre de levers de soleil.

Après quelques heures d'errance, j'ai fini par tomber sur un médecin qui a accepté de venir à l'hôtel une fois sa journée terminée. Il parlait anglais, ce qui était un très bon point ; s'il en avait été autrement, je n'aurais pas pu lui expliquer grand-chose. Il a globalement compris le problème, en faisait « oui » de la tête, et en répétant « yes, ok, yes, ok, ok ». L'homme paraissait compétent, derrière ses petites lunettes rondes et sa moustache poivre et sel. Le genre de petit mec sympa, sans histoires. J'espérais, au fond de moi, qu'il puisse aider Alice. Après les dernières indications sur l'adresse de l'hôtel, et le numéro de chambre, je l'ai salué en espérant sincèrement qu'il fasse le déplacement, puis je me suis jeté dans les rues bouillonnantes de la ville.

Le hasard aidant, je suis passé devant un *call-center*. Il n'y avait pas grand monde à l'intérieur. C'était l'occasion d'essayer de joindre ma mère, qui ne répondait plus depuis environ la moitié de mon voyage. Ma tante continuait de me donner de ses nouvelles, en restant malgré tout évasive à son sujet. Je ne posais pas plus de questions, et c'est bien normal ; on est à l'abri de tout, à l'autre bout du monde. On s'en va et on se dit que tout sera pareil quand on rentrera. Il fallait que j'appelle ma mère pour m'en persuader. Je voulais lui demander comment ça se passait, la vie à Paris, et lui raconter un peu mes aventures. On s'est quittés fâchés, après une dispute, comme il y en a souvent lorsque deux personnes vivent ensemble sans jamais se quitter. Tout ça c'est normal, et pourtant on le regrette quand même.

J'ai poussé la porte du *call-center* un peu tremblant, et j'ai demandé à appeler la France. Une fois le numéro composé, les sonneries se sont enchaînées. Une, puis deux. La troisième semblait plus longue que les autres. La quatrième était interminable. Mon cœur s'est mis à battre plus fort, à accélérer jusqu'à l'explosion. Ce frisson froid qui remonte la colonne vertébrale. La sensation que quelque chose se passe, ou s'est passé, un sentiment incontrôlable, une angoisse parce qu'on est loin, qu'on ne peut rien faire, qu'on est impuissant. Je raccroche et réessaie. Les mêmes sonneries semblent se moquer de moi. Je regarde l'heure. Je ne sais pas combien de temps de décalage il y a entre ici et là-bas, et si c'est plus tard ou plus tôt. Peut-être que c'est minuit, et qu'elle dort. Qu'elle dort même très bien. Que je vais la réveiller alors qu'elle a besoin de se reposer. Ou alors c'est le matin, et elle est allée faire un tour au marché, comme tous les mercredis. Est-ce qu'on est mercredi ? Je sais qu'elle a ses habitudes. J'aurais dû l'appeler avant, plus tôt. Maintenant c'est trop tard. Je vais bientôt rentrer de toute façon. Alors au lieu de refaire son numéro, je fais celui de ma tante. Elle décroche, me demande de mes nouvelles comme elle le fait d'habitude ; elle m'engueule quand je lui demande de l'argent mais c'est de courte de durée. Elle est contente que je rentre enfin, parce qu'on a besoin de moi. Enfin c'est ce qu'elle me dit, elle sanglote. Je ne comprends pas, c'est pas très clair, la ligne grésille beaucoup et elle parle doucement. Je comprends le principal : mon argent m'attendra demain, le temps que le virement se fasse. Je l'embrasse, et j'embrasse ma mère à travers elle.

Chapitre 11

Vivre, jusqu'à la fin, mais vivre

Le médecin s'agitait dans la petite chambre d'hôtel sombre, où de légers rideaux s'élevaient au rythme de l'air entrant. Il était arrivé à l'heure, comme prévu. Après un rapide coup d'œil sur Alice, il a ouvert sa grosse valise pour en sortir un stéthoscope qu'il déposa doucement sur sa poitrine. Il écouta minutieusement chaque battement du cœur, pour en mesurer la force, le rythme et la fragilité. L'élan vital d'Alice semblait irrégulier, parfois fort, parfois renonçant. Il la fît se mettre sur le côté, puis se retourner pour continuer son examen, mais elle n'y parvint pas. La faiblesse des muscles de ses bras ne lui permettait pas de se retourner. Sur le dos, les larmes aux yeux, elle attendait le verdict du docteur, seul juge. Un peu embêté, après une dernière prise de tension et dans un anglais approximatif, il annonça qu'elle était dans un état grave « *very very bad* ». Il était affolé, hésitant sur les actions qu'il devait faire ou non. Il expliqua que c'était une maladie qu'elle avait attrapé à cause des piqûres sur les bras. Il pointait du doigt son avant-bras, à l'endroit où elle avait l'habitude de se rentrer l'aiguille. Elle payait donc son mode de vie et ses addictions : alcool, sexe et drogue (surtout les deux derniers) ne font pas bon ménage. Pour elle, c'était plutôt sa liberté qui était en train de l'emporter. Elle le disait elle-même.

ALICE. – Alain, je suis en train de crever de ma liberté. Tu le crois ça ? Mais je crois que si j'avais su je l'aurais quand même fait. Merde à la fin. On va pas passer notre temps à se regarder dans le blanc des yeux, et à se faire des petits sourires complices, comme si rien d'autre n'était en train de se jouer. La vie c'est la vie parce que c'est complexe, et qu'on ne sait pas ce qui va se passer ; si l'on pouvait tout prévoir, alors la vie serait juste un livre. Un vulgaire livre. On a eu des moments sympathiques toi et moi quand même. On s'est carrément éclatés. Mon petit Alain... J'ai peur de te laisser seul, dans le désert. J'ai peur de te laisser dans un grand désert. Tu es trop fragile mon petit Alain.

PETIT ALAIN. – Je ne veux pas que tu me laisses. Demain je vais chercher les billets pour rentrer, parce que là c'est fini. Il faut qu'on rentre chez nous, et que tu te fasses soigner chez nous. Là-bas ils vont te remettre sur pied, tu vas guérir, on trouvera un autre endroit et on va repartir. L'Amérique du sud, tu connais ? J'aimerais bien visiter les pyramides mayas, au Mexique ou au Nicaragua, et me bourrer la gueule à grandes gorgées de tequila. Avec toi. Tous les deux.

Le docteur rangeait ses affaires, et j'ai bien compris qu'il n'avait pas besoin d'examiner Alice plus longtemps. Son diagnostic était fait, son travail s'arrêtait là. En le raccompagnant à la porte, il m'a dit quelques mots, dans un français très approximatif : « *La femme... mauvais. Pas longtemps pour elle. Très mauvais.* » Ses yeux, d'un coup compatissants, disaient le reste. Et je crois d'ailleurs que ses paroles se passaient de commentaires. J'ai senti beaucoup d'émotion de la part de cet homme que je ne reverrai jamais. Tenu par son serment d'Hypocrate, il est venu dans une chambre d'hôtel pour ausculter une jeune femme occidentale, succombante de ses excès. Il est parti silencieusement, en descendant l'escalier délabré de l'hôtel, reprendre le cours normal de sa vie. Je crois que j'ai commencé à pleurer à ce moment-là, ou bien c'était en sortant de la chambre, avant qu'il m'explique que c'était fini. En regardant Alice, une émotion particulière naissait doucement, entre peine et pitié, ou bien c'était encore autre chose de plus fort, qui impliquait le rapport qu'ont les êtres humains à la mort. Je savais, sans vouloir me l'avouer, qu'Alice s'apprêtait à franchir un rivage duquel on ne revient qu'en souvenir.

La nuit suivante se passe, sans que rien ne change. Le monde n'aura pas basculé cette nuit. Dès la première heure, je me dépêche de rejoindre le bureau de change. C'est une femme assez souriante qui m'accueille. Elle me tend une enveloppe, dans laquelle je trouve quelques billets en monnaie locale ; suffisant pour rentrer enfin. Elle me fait également parvenir un télégramme. Je range le tout dans la poche interne de ma veste et j'en profite pour organiser le voyage retour, celui qui nous ramènera à Paris, chez nous. Ce sera pour le surlendemain, de bon matin. L'aventure touche enfin à sa fin. Après des mois passés dans le sable, je m'apprête à retrouver des sensations oubliées : marcher sur le bitume humide, respirer l'odeur des rues, rentrer tard à la lumière des réverbères métalliques, ces « ferrailles orphelines » ; affronter le flot de véhicules, de mauvaise humeur ; trouver un travail. Et se mettre à travailler. J'ai quelques idées. Je verrai ça en rentrant. Je profite une dernière fois d'un coucher de soleil somptueux, du haut des arches d'Islamabad. Des amoureux discrets sont là, sur un banc, et profitent eux aussi de la vue généreusement offerte par l'astre des astres. La ville paraît ralentir, épuisée, le naturel s'éteint doucement ; les lumières artificielles prennent le relai pour donner l'illusion que la vie continue. Pourtant c'est bien la nuit qu'elle s'arrête, à quel autre moment sinon ? La vie s'arrête et laisse place à un flottement, à une folie (ne dit-on pas que la nuit est le royaume des fous ?) ; nous voilà hors du temps. C'est aussi simple. C'est ça que j'ai envie de raconter, plus tard.

Une sirène hurle, en contrebas. En fouillant mes poches, je tombe sur le papier du télégramme récupéré plus tôt.

Petit Alain.

Tu dois rentrer dès que possible.

Maman est morte ce matin.

STOP.

On a besoin de toi maintenant.

Tu dois rentrer dès que possible.

Ta tante.

Chapitre 12

Une lettre, retrouvée

Mon petit Alain,
Il s'en est passé des choses dans notre vie. Je veux dire par là, tu sais que nous n'avons pas toujours eu une vie facile. Avant que tu naisses, c'était déjà difficile pour nous, pour ton père et moi, mais nous avons décidé de nous battre. La deuxième guerre ne nous a pas fait de cadeaux non plus, et même enfermés au cœur de la barbarie, ton père et moi, nous sommes restés ensemble et nous savions que nous survivrions à tout cela. Nous n'avions pas d'autre choix : nous voulions fonder une famille et il fallait se battre pour ça. La Grèce, l'Allemagne, puis nous voilà arrivés en France.

Ton père avait commencé en cirant les chaussures des passants dans la rue. Tu vois, il n'y a rien que tu puisses faire un jour qui ne soit dévalorisant. Il faisait ça, il n'avait pas honte, et il était content de le faire ; il ne gagnait pas beaucoup d'argent. Avec ça, on a pu avoir un toit. Moi je m'occupais de garder des enfants, pendant que leurs parents sortaient le soir, ou travaillaient la journée. J'avais l'habitude chez moi de m'occuper de mes frères et sœurs, et même de mes petits cousins. Tu sais je ne les ai plus vus depuis longtemps. Je ne sais pas ce qu'ils sont devenus. Je ne sais même pas s'ils ont eu le temps de « devenir ». Qu'est-ce que devenir, mon petit Alain ? Si c'est réussir dans la vie, alors nous ne sommes rien devenus. Si c'est pouvoir vivre, à la hauteur de ses propres moyens, alors nous avons pu devenir comme nous le voulions. Il faut vivre juste, c'est la condition pour devenir. Ne l'oublie jamais.

Un jour, nous avons eu assez d'argent pour que ton père ne courbe plus son dos sur les chaussures des autres. Il a ouvert son propre magasin de chaussures, pour en vendre des neuves. De temps en temps, il prenait aussi le temps de réparer les chaussures cassées. Ton père était un bricoleur, et il savait réparer les choses cassées. Tout cela a bien marché pendant un temps. Mais il était trop fatigué, et son cœur le faisait souffrir. Il a décidé, un matin, de vendre son magasin et d'acheter cet hôtel particulier, dans lequel nous vivons toujours. C'est là que ton père a rendu son dernier souffle, lassé, alors que tu étais encore tout petit. Ensuite il a bien fallu que je m'occupe de toi, que je te fasse grandir, que tu sois heureux parce que c'est le travail d'une mère. C'est ce que doit faire une mère qui aime ses enfants. Elle en prend soin, et fait en sorte qu'ils ne manquent de rien, pour qu'ils puissent, un jour, quand ils sauront voler de leurs propres ailes, « devenir ».

Depuis que tu es jeune, je m'occupe de toi. Je ne suis pas sûr que tu aies toujours eu ce qu'il te fallait, mais tu ne t'es jamais plaint. En tous les cas, tu ne m'as jamais reproché quoique ce soit. Tu as été un bon fils, et toi aussi, tu as toujours été là pour moi. Tu étais enfant, et tu ne pouvais pas comprendre la tristesse qui était la mienne. Le soir, je me retrouvais seule pour la première fois de ma vie, j'ai toujours connu la présence rassurante de ton père, près de moi. Et là, d'un seul coup, c'était fini. Plus jamais il ne serait là, pour me faire le café le matin, parce qu'il était le seul à savoir comment je l'aimais. Je l'aimais. Tu ne comprenais pas et pourtant tu venais, tu me prenais la main, et tu me demandais pourquoi je n'allais pas bien. Tu as été un bon fils, mon petit Alain, la seule chose qui me soit restée quand j'ai tout perdu.

On a beaucoup parlé tous les deux. Je sais que plein de choses sont difficiles pour toi. Je ne t'ai jamais vu avec une petite amie, ça m'aurait au moins rassuré de savoir que quelqu'un est là pour toi, et pour la vie qui t'attend. Tu es encore jeune, et je sais que tu feras ce qu'il faut pour suivre le bon chemin. Quand tu t'es inscrit à l'École du Louvre, pour tes études, je savais que tu n'irais pas jusqu'au bout, parce que ce n'est pas ça que tu veux. C'était simplement pour me faire plaisir, à moi et au souvenir de papa. Tu es intelligent, et pour ça je te fais confiance. Fais ce que bon te semble et tu seras heureux, parce qu'il n'y a que ça qui puisse nous rendre heureux. Je t'ai dis beaucoup de choses, je le sais, des choses qui n'étaient pas forcément gentilles. Mais c'était pour ton bien. Tu me répondais toujours : « Laisse-moi tranquille, je suis grand maintenant. Il faut que tu me lâches ». Tu ne m'entendais pas lorsque le soir je pleurais, je m'en voulais d'être aussi protectrice envers toi. J'étais consciente de tout ça, pourtant je n'y pouvais rien, je ne me contrôlais pas. Tu dois comprendre que c'est difficile de savoir qu'un beau jour, le matin se lèvera comme tous les matins, et je me retrouverais seule parce que tu ne seras plus là, et que ton père est déjà parti.

Mon petit Alain qui est en train de grandir, je n'ai pas trouvé d'autre solution que celle que je te propose maintenant. Puisque je suis celle qui t'empêche de vivre et d'avancer ; qui te retient alors que tu essaies de t'envoler. Je ne pourrais jamais me le pardonner. C'est donc à moi de partir, c'est le seul moyen de te rendre ta liberté. Tu pourras aller et faire tout ce que tu voudras, sans que quelqu'un, à cause de sa peur, ne t'empêche d'être celui que tu es et celui que tu dois être.

Au revoir mon petit Alain.

Partie 2

Les ampoules brisées, comme les éclats d'un
millier d'étoiles

Chapitre 13

Une vie à Paris

Les cours à l'École du Louvre n'avaient décidément plus la même saveur. Lentement, et en prenant volontairement mon temps, j'allais m'asseoir sur les bancs pour écouter les paroles interminables des conférenciers experts. Parfois c'était intéressant ; on pouvait tomber sur quelqu'un de passionnant (car passionné), et il m'arrivait dans ce cas de prendre quelques notes. Bien souvent, je faisais autre chose, j'écrivais des esquisses d'études sur telle ou telle oeuvre, je relisais et corrigeais quelques pages de mon carnet de voyage dans le désert. Un peu nostalgique de ce temps hors de la cage. J'avais eu le projet de tout reprendre, tout réécrire, ajouter quelques esquisses ; mais comme je ne savais pas dessiner, j'ai laissé tomber. C'était aussi simple que ça, de faire un choix. Mais tout cela, toutes ces questions, c'était quand j'avais décidé de me lever le matin...

... car certains soirs, je ne rentrais même pas dormir chez moi. Bien que j'avais hérité du grand appartement de mes parents, je n'arrivais toujours pas y rester seul. Savoir qu'ils n'étaient plus là, tous les deux, était une étape déjà difficile à franchir ; mais on trouve bien pire que les souvenirs que l'on peut garder en tête. Je pense à tous ces petits objets qui leur appartenaient (surtout ceux de ma mère), et dont ils se servaient chaque jour. Les choses sur lesquelles le quotidien a posé ses empreintes, indélébiles. Ce sont tous ces objets qu'ils avaient en main, qu'ils portaient, qui sont devenus des reliques. Les lunettes, les boites de cachets, le trousseau de

99

clé, la grande veste bordeaux de ma mère encore pendue au porte-manteau. C'est ça, le plus terrible. C'est ça qui est difficile à vivre, car si le souvenir est un instant de la mémoire, les objets sont quant à eux, des réalités du présent. Se dire qu'ils ne remettront plus jamais la main sur ces choses pourtant si personnelles, qui étaient les leurs, et qui sont pourtant débordantes d'un symbolisme sur le point de s'effacer. J'ai gardé son portefeuille, celui de ma mère, dans lequel j'ai trouvé une photo d'elle, de mon père et de moi. C'est cette image qui, je le crois, me fait le plus de mal.

Alors, pour éviter toutes ces rencontres involontaires avec ma propre douleur, je sors. Et je ne rentre que très tard, ou bien je m'arrange pour rester dehors. C'est grâce à ces sorties nocturnes que j'ai pu me rendre compte qu'il se passe quelque chose d'assez particulier en ce moment, à la capitale. J'ai commencé à fréquenter un monde assez bizarre : celui des concerts de rock. Beaucoup de ces concerts se font maintenant dans divers endroits de la ville, rarement en salles, mais souvent en extérieur ou sur des scènes qui soutiennent ce mouvement qui apparaît de plus en plus comme une révolution. Je parle de rock, mais pourtant il s'agit encore d'autre chose, quelque chose de plus fort, de plus saturé. La musique me permet de penser à autre chose, et c'est bien la seule chose que je lui demande. Cet aspect thérapeutique. Me saturer l'esprit, faire résonner dans mon corps autre chose que la tristesse qui en déborde trop souvent. Je n'oublie pas la consommation d'alcool, très importante pendant ce type de concert, et même certains stupéfiants auxquels je m'étais déjà frotté dans ma jeunesse précoce. Les jeunes lèvent les bras, crient, s'enlacent, s'embrassent – se battent même, et tout cela est bien, nécessaire. L'être humain ne cherche qu'à se défouler, pour rendre l'existence plus supportable. Qu'est-ce qu'on demande de plus à la musique ? Je m'amuse, m'égare, me perd et me retrouve dans toute cette foule abandonnée à sa transe. Paradoxalement, au milieu de ce bruit métallique et irrégulier, je me sens bien. Je suis comme à l'abri, dans une coquille emplie d'un désordre qui me parait sain et familier. Cette berceuse aux accents de guitare grinçante, la voix hurlante de l'artiste, la transpiration de toute cette foule. Un individu, au milieu d'une centaine d'autres, qui ne se connaissent pas et qui repartiront, le soir, chacun de leur côté jusqu'au prochain grand rassemblement. La vie est ainsi faite de routes, d'allées et de contre-allées ; qui se croisent ou non, n'est-ce pas.

Un jour, à la fin d'un de ces concerts, j'ai remarqué un groupe de quatre personnes, quatre filles. Elles ressemblaient à un gang style féministe, prêtes à se battre avec n'importe qui. Surexcitées. Électriques. Elles sautaient sur place et sur les gens, faisaient des grimaces, criaient, insultaient. Quelque part, je pense qu'elles me faisaient peur. Quand je suis passé près d'elles, je ne savais pas à quoi m'attendre : des paroles déplacées, un coup d'épaule provocateur ; un coup de poing bien viril. L'une d'entre elles me sourit, deux autres me dévisagent et la dernière, la cheftaine de ce groupe de louves me lance : « Toi mon petit, tu vas venir avec nous ». Et me voilà aspiré par cette fratrie improvisée. Nous avons déambulé dans les rues ; je les regardais renverser des poubelles, sonner aux portes, casser un rétroviseur ou monter sur les toits de voitures pour rejouer une scène du concert qui venait de se finir un peu plus tôt. Elles étaient affamées, enragées après la vie et savaient en profiter. Après une heure en leur compagnie, bien chargée en émotion et en adrénaline, nous sommes rentrés dans un bar où l'agitation s'est complètement éteinte. À l'abri de la lune, sous les rayons artificiels des néons dorés, nous avons discuté un bon moment. Plus sérieusement J'ai pris quelques notes de cette rencontre, et c'est là que j'ai su qu'elles se faisaient appeler les *Gazolines*.

Les *Gazolines*, c'était en réalité des mecs travestis en femmes, une manière de continuer la révolution de la société amorcée depuis maintenant quelques années en France. La libération des moeurs, l'homosexualité. Les *parties*, ces fêtes à l'ombre du grand public, leur donnaient un espace d'expression et surtout de liberté ; parce que, la liberté est quelque chose qui n'existe qu'en présence du fun. Si on ne s'éclate pas, on n'est pas libre ; du moins, c'est ce que je retiens de la rencontre avec ce groupe finalement assez philosophe. Elles m'appellent le « dandy » parce que je porte toujours un nœud papillon autour du cou, une grande paire de lunettes noires, et parfois une fleur à la poche de ma veste. Ce surnom me convient bien. Je trouve que ça a de la gueule, non ? Je remarque qu'il y a bien une femme au milieu de ces hommes maquillés. Elle s'appelle Paquita, et elle deviendra petit à petit une grande dame des nuits parisiennes. Autour d'elle, beaucoup de monde gravite et espère se faire remarquer, se faire une place auprès d'elle. Elle est une initiatrice de modes et de mouvements. J'ai pressenti depuis notre première rencontre que je passerais, quelques années plus tard, beaucoup de temps auprès d'elle. Sous son aile en quelque sorte, bien à l'abri de tous les mauvais coups que pouvait me réserver la nuit. En sortant du bar, avant la *dispersion*, elles ont passé une heure à crier « Bite ! » à tous les gens croisés dans la rue, à dire « Bite ! » à la fin de chaque phrase, puis de partir dans un fou rire niais. C'était ça, le fun made in *Gazolines*. Quand je leur demande pourquoi elles criaient ça :

PAQUITA. – Parce qu'ils nous font chier avec leurs bites ! Regarde ces travelos qui sont avec moi, pourquoi tu crois qu'elles sont là ? Parce qu'être un mec ça craint, c'est fini, c'est dépassé : c'est dé-mo-dé ! Le vrai fun et la seule vraie liberté, mon petit Alain, c'est de s'amuser de tout ce que la vie nous donne. Ce soir, quand tu te mettras à poil dans ta salle de bain, n'oublie pas de crier « Bite ! » et tu verras que le monde aura une autre gueule. C'est un défi lancé à soi-même, à la société ! Ne te laisse pas avaler par toutes ces choses qui veulent te définir, et n'oublie pas d'être celui que tu es. Sinon, mon petit Alain, tu vas passer à côté de ta vie. La musique, la drogue et la nuit, petit Alain. Tout le reste est bien trop chiant pour être vrai.

Au-delà de la dérision, j'étais face à un groupe qui avait donc des revendications. Un style de vie à la marge. Une manière spéciale de voir les choses et d'attaquer l'époque. J'apprendrai plus tard, après des confidences tirées sous l'influence de substances diverses, que Paquita s'appelle en réalité Pascale. Quand elle n'est pas en train de faire la fête, le soir, elle est femme de ménage dans les beaux quartiers parisiens. Elle se plaît dans ce rôle de meneuse, chef d'un groupe d'hommes qui auraient voulu être des femmes – du moins, qui aimaient se déguiser en femmes. Je me demande s'ils ne renoncent pas à leur virilité pour gagner en séduction, devenir un objet désiré et désirable. Dans une société où les femmes sont de plus en plus libérées, c'est drôle de voir que certains hommes se sentent à ce point délaissés qu'ils sont prêts à devenir des femmes pour profiter eux aussi d'un peu de ce sentiment de libération. À moins que ce ne soit autre chose.

À partir de ce soir-là, je faisais partie de ce qu'elles surnommaient les « petites Gazolines ». J'étais une espèce de groupie, je les suivais régulièrement dans leurs délires. Je notais, je décrivais, j'observais ; c'était un entraînement idéal pour ce que je souhaitais faire plus tard. Raconter, dire au gens ou mieux : montrer aux gens, tout ce qui se tramait dans l'underground parisien, le soir, alors qu'ils fermaient leurs volets pour se cloitrer chez eux. Montrer cette société qui jaillissait de l'ombre, qui se cachait pendant toute la journée. Quelle drôle d'idée que de s'emmurer pour dormir, alors que c'est une parfaite occasion de se montrer réellement vivant. Je me souviens d'une soirée à la Cinémathèque, le fief des Gazolines. Lors d'une soirée en hommage à l'actrice américaine Gloria Swanson (superstar du cinéma muet dont la carrière s'est paradoxalement éteinte petit à petit avec l'arrivée du cinéma parlant), (ils) elles sont arrivé(e)s en crinolines et paillettes, dans un effet rétro des plus réussis. Elles étaient même franchement belles, bien que légèrement caricaturales ; leurs colliers composés de godemichés apportaient cette petite note d'extravagance qui faisait leur charme. C'était grossier, les gens étaient offusqués ; bien sûr, elles criaient et s'interpellaient en usant de leur fameux « Bite ! » qui faisait sursauter les quelques âmes bourgeoises de la salle. Je ne m'étais jamais autant amusé ; ces quasi-femmes avaient un cœur énorme. Elles m'avaient accepté comme l'un(e) d'entre elles. Je me sentais bien, entouré par autant de gentillesse, de douceur et de folie.

Je pense que le butin le plus impressionnant était leur vestiaire : elles avaient assez de vêtements et accessoires pour exaucer tous leurs délires. L'appartement de Maude leur sert de base. Chaque semaine, elles lisent les catalogues de mode français et américains pour suivre au mieux les tendances qui sont en train d'émerger. Leurs costumes de fête sont minutieusement étudiés, préparés, et ne laissent aucune place au hasard. Chaque détail est volontaire. Elles fouillent les malles de grand-mères, inventent une sorte de mode *rétro*, en se réappropriant les modes passées. Le dimanche, elles vont aux puces pour acheter encore des kilos de fringues. Elles ont même une habitude : après une longue fête, qui se termine avec le lever du soleil, elles filent directement chercher de nouveaux vêtements, pour quelques pièces, ou s'acheter des chapeaux, des gants, des ceintures ou une paire de chaussures. Il est même arrivé qu'une fois, ces aventures matinales se transforment en course-poursuite avec la police, soucieuse de faire appliquer la loi. L'article 26 du Code pénal interdit formellement aux hommes de se « déguiser en femmes en dehors de la période carnavalesque de la mi-carême ». Elles courent, elles rient aux éclats (toujours en criant « Bite ! Bite ! ») ; mais impossible de semer les flics en talons aiguilles. Je ris tellement que j'ai mal au ventre. Finalement on nous arrête. On m'embarque aussi, j'ai couru avec elles alors les flics se disent certainement que je suis de leur bande. Ils ont raison. Menottes aux poignets, place aux discussions surréalistes avec les forces de l'ordre :

FLIC. – Monsieur, je dois vous demander ce que vous faîtes habillé en femme, au beau milieu de la matinée.

GAZO. – Pour votre information, très cher monsieur, je ne suis pas habillé en femme. Je suis habillé à la mode.

FLIC. – Et de quelle mode s'agit-il, s'il vous plaît ?

GAZO. – La mode des années cinquante, très cher monsieur.

Et le flic de surenchérir :

FLIC. – C'est totalement faux, parce que dans les années cinquante on ne mettait pas de porte-jarretelles avec des pantalons corsaires !

Chapitre 14

Halte à la Gazoline

Les Gazolines, toute une histoire. Leur groupe, même s'il était d'une extravagance folle, n'a pas duré longtemps. Certainement trop avant-gardiste. C'est souvent comme ça : on se regroupe par intérêt commun, puis après quelques folies, on se rend bien compte que les intérêts ne sont pas si communs que ça. Et puis, quelle était leur place véritable ? Que peuvent espérer faire des travesties, confinées dans une société aussi coincée que dans laquelle nous vivons (toujours) aujourd'hui, si ce n'est faire le tapin à Pigalle pour contenter quelques pervers. Mais faire le tapin, ça commence aussi à se démoder. Pour le reste, «la vie normale», aucune entreprise ne sait leur offrir un travail digne de ce nom et les flics les pourchassent comme si elles étaient des assassins. Du coup, elles n'ont pas le choix. Si elles veulent gagner un peu d'argent, tout en étant marginalisées par la société, il faut parfois flirter avec la loi, l'embrasser, en faire le tour pour se cacher de son regard, et lui vider les poches. Le regard des gens, dans la rue, est quelque chose qui est en soi assez terrible, mais il faut se battre et vivre. En repensant à tout ça, à cette époque, je me demande si, comme les étoiles qu'on regarde dans le ciel éteint, leur existence ne s'était pas déjà arrêtée le jour-même de leur création.

Pour que cela puisse se comparer à une étoile, il fallait quand même qu'il y ait, au milieu de ce groupe, une belle lumière. Un éclat. L'Étoile du Nord sait briller pour le marin perdu, et lui montre le chemin, comme une vérité absolue. Il fallait une étoile qui soit aussi un signe, envoyé par les dieux. Et il existait. Car c'est grâce à ce groupe complètement déjanté que j'ai rencontré Dina. Ma Dina. La Dina. Celle qui serait le début de ma nouvelle vie. Elle était souvent à côté des Gazolines, discrète, un peu à l'écart, comme moi. Je pense que c'est comme ça qu'on s'est reconnus. On est vite devenu inséparables. On l'était avant de se connaître. Parce que quand on s'est vus, c'était comme si on s'était dit : « Enfin nous revoilà. On en été où ? » C'est là que vraiment tout à (re) commencé. Une deuxième naissance.

Je n'arrivais plus à rentrer chez moi. L'appartement de mes parents allait rester fermé pendant longtemps. Les sorties m'occupaient de plus en plus, parce que je connaissais de plus en plus de monde. Les relations s'échangent, comme des numéros de téléphone, et il est facile d'inviter (ou de se faire inviter) chez quelqu'un qu'on connaît à peine. Alors on passe nos soirées comme ça. On commence par un petit restaurant clandestin, où on a nos habitudes ; dès que la lune est bien haute, on sort dans un endroit branché – ce qui ne manque pas. Une fois sur place, on se laisse faire par l'ambiance, la musique, l'alcool. Bien sûr, tout cela se passe avec Dina, quand elle n'est pas à Pigalle, en train de travailler. Une vie de party en party, de soirée en soirée. Une vie de lumières artificielles, d'appartements huppés, de musique à fond, de caves ou hangars lugubres parfois. Mon blouson de cuir clouté d'étoiles de métal déchiré se marque de chacune de ces expériences, les rockeurs américains chargés d'héroïne qui partagent avec nous tous ces moments inoubliables viennent se coller à ma peau et rentrent peu à peu dans mon histoire. Et il y a Dina. Je l'admire, je l'envie, je la désire et je l'ai. Je suis comblé, même si parfois me reviennent les souvenirs du désert, avec Alice, partis d'Ercis, Matalla, la Grèce, l'Iran, le Pakistan. Je retrouve un peu de cette ambiance dans les bras de Dina. Mais elle est encore plus violente, plus destructrice. Mon monde est un bâton de dynamite allumé à la naissance. Il faut vivre, vivre, vivre à tous prix à côté de ces gens-là, sinon un jour c'est trop tard. Alice, la si belle Alice, m'a déjà raconté cette histoire. Et pour vivre il faut de l'argent. Et pour avoir de l'argent il faut un boulot qui en rapporte. Je décide d'envoyer quelques articles à des journaux, des idées de chroniques en prose, des reportages ; toutes ces lettres resteront à jamais sans aucune réponse. Alors, comme celui qui croit en son destin, j'attends un coup de pouce tombé du ciel. Une rencontre certainement, un jour, quand on ne l'attend plus, qui fait basculer bien des choses. Les plus grandes vies ont chaviré de cette manière, pourquoi je ne pourrais pas y prétendre, moi ?

Et comme au cœur de la ville
Là où le battement est le plus fort
Dans cette cathédrale aux vitraux monochromes
Là où la musique résonne résonne et résonne

Les souvenirs
petit à petit
s'effacent
et laissent place
à d'autres
plein d'autres
des milliers d'autres

Pourtant au centre de la ville
Là où mon cœur bat le plus fort
Comme debout sur l'autel d'une cathédrale
Ta voix comme une musique
Résonne et résonne et résonne

Chapitre 15

Vite fait lucide

PACADIS. – Dina. Ma très chère Dina. Dis-moi que t'es là, dans le coin, dans la chambre, en train de te changer, en train de te maquiller, et que bientôt tu vas venir vers moi et je vais te voir, là, dans l'entrebâillement brillant de la porte. Dis moi que tu vas vite revenir vers moi, et que tous les deux on va continuer à rester ensemble, à baiser comme c'est pas permis, à se rouler des pelles, dormir, se taper un trip d'héro, boire le champagne qui reste au frais, et demain recommencer. Parfois on changera l'ordre dans lequel on fait les choses, ça s'appelle une variation. Et j'ai entendu un mec qui disait que c'était dans la variation que se répandait l'infini. Qu'est-ce qu'on cherche, nous tous ? Enfin, qu'est-ce que je cherche, moi ? L'infini. Vivre à l'infini, dans l'infini, à travers l'infini. Peut-être même aller jusqu'à l'infini. Qu'est-ce que je cherche, moi, en courant dans la rue avec des travelos en talons aiguilles ? J'en sais rien. Le fun sûrement, la liberté, le vent dans les cheveux. Mais non, c'est toi que je cherchais. Parce que t'es mon pont pour l'infini, et c'est avec toi que je vais me construire, me détruite, me faire exploser la tête. Le début, la fin, toutes ces conneries ; c'est en toi, Dina.

Alors reviens, reviens s'il te plaît avec moi et couche-toi près de moi. Je sais que certains sont pas d'accord avec nous, avec ce qu'on fait. On m'a dit de faire attention. Des gens un peu partout, que je connaissais ou non. Des trucs comme : « Tu sais Alain, c'est pas facile de vivre avec un travelo », « Tiens Alain, j'ai vu ta Dina qui faisait des passes chez Aldo, au "bordel à trav' « comme on dit », « Dina n'est pas bonne pour toi, elle n'est pas saine, elle va trop loin dans la défonce, un jour tu vas la retrouver toute grise et sèche dans ton lit, raide morte ». Un jour on m'a montré un article qui venait de toi, dans un courrier des lecteurs : « *Quatorze overdoses dans ma vie, huit tentatives de suicide. Vingt-sept ans. Tous les hôpitaux de Paris me refusent car ils veulent à chaque fois me remettre en garçon. Mais on ne va pas contre la véritable nature des choses. Si c'est inévitable, c'est que c'est naturel. Malgré le poids de mon corps et cette barbe dégueulasse, je suis une femme. Et non je ne suis pas folle. Travesti, destroy : for ever !* ».

Et puis il y a tout le reste, ce que tu as bien voulu me dire. Quand tu as arrêté tes études pour un garçon, et que ce même garçon te battait. Il y a quelque chose avec ton père aussi je crois, qui te traite de pédé et te frappe avec la boucle de sa ceinture, les soirs où il est bourré. Ta mère qui pleure toutes les nuits, dans l'ombre de sa chambre, seule, pendant que ton père nettoie le sang sur sa ceinture et que son fils (tu étais encore dans un corps de garçon) pisse le sang sur le parquet de sa chambre. Ta fuite, quand tu as eu dix-huit ans, et ton arrivée à Paris. Ça devait être difficile pour toi, ma pauvre petite Dina. Mais maintenant tout ça est terminé, je suis là. On est ensemble, et tous les deux, il ne peut plus rien nous arriver.

Chapitre 16

Marc, Paris

Toute agitation finit toujours par retomber un jour. C'est une loi physique, en rapport avec la gravité je pense, ou un truc du genre. J'ai rapidement compris que je ne pouvais pas passer toute ma vie en suspension, dans un appartement qui n'est pas le mien, avec une femme qui n'est pas (uniquement) la mienne, à se défoncer avec une drogue qui n'est qu'à moitié la mienne. Où est ma vie ? Il paraît qu'une toute nouvelle université vient d'ouvrir à Saint-Charles, dont l'esprit est beaucoup libre que les facultés traditionnelles et chiantes. Naturellement, je m'y précipite et m'y inscris. Non pas parce que le programme annoncé me plaît, mais parce que c'est là-bas que tout le monde va s'inscrire. Alors, sans aucune réelle alternative, je suis ma famille. Je veux rester avec eux et continuer à profiter de l'effervescence qui circule quand nous sommes ensemble, réunis. Il y a certains professeurs aussi, qui participent à cette nouvelle aventure et qui proposent quelques cours ; je pense à un spécialiste de Hopper et de la peinture américaine du XXème siècle, qui m'a fait revivre la scène des *Faucons de Nuit* de manière magistrale. Ce mec, seul dans un bar, je m'y suis toujours un peu retrouvé.

Je suis un touriste des études, et c'est comme ça que tout le monde devrait faire : prendre son bien là où il est, et ne pas chercher plus loin. Pourquoi s'acharner à vouloir apprendre, quand on sait qu'il est impossible de tout savoir, tout connaître. C'est comme regarder le ciel de nuit : qu'est-ce qu'on représente au milieu de tout ça ?

Malgré tout, au hasard des voisins de banc et du mélange des foules que créent les universités, je suis tombé sur deux mecs au demeurant sympas, qui montaient un journal de musique rock, et sur l'underground parisien. Ils m'ont dit qu'il commençait à y avoir une demande de la part du public, lui-même émergeant. Savoir où se passent les meilleures soirées, répertorier les groupes, les grands noms de cet univers obscur. Il fallait quelqu'un qui soit «dedans», qui puisse retranscrire et rapporter l'intensité de cette culture toute à la fois fascinante et effrayante. L'un d'entre eux, me fait remarquer qu'on s'était déjà croisé, une fois, « tu te rappelles pas ? C'était à une soirée chez Paquita ». Désolé, mais absolument aucun souvenir. J'avais l'alcool difficile, comme on dit. On me le rappelait assez souvent, mais rien n'y faisait ; ce qui fait le charme d'une addiction, c'est qu'on y revient malgré tout.

En discutant avec eux, j'ai senti qu'il y avait peut-être quelque chose à faire. Ils étaient financièrement soutenus par l'université, qui les subventionnait sans rechigner. Une sorte de rédaction était en place, avec cinq personnes auxquelles je venais m'ajouter ; il ne restait plus qu'à passer à l'action. J'avais accumulé un bon nombre d'adresses, je connaissais du monde et mon écriture s'aiguisait doucement. Yves et Marc, les deux amis à l'origine de ce projet farfelu, promettent de me solliciter très rapidement. On se met d'accord sur le rôle de chacun : Marc s'occupe de recenser les groupes et de récupérer un maximum d'informations sur eux en vue de faire des fiches et des portraits dans le journal. Yves, lui, s'occupe de remonter aux origines du mouvement punk, d'analyser l'influence de l'underground sur la société ; pour ma part, je vulgarise le tout et rajoute la touche de vie. Comme le Créateur, je suis celui qui va insuffler à tout cet univers une énergie vitale. Je vais être les yeux et les oreilles des lecteurs, devenir l'interlocuteur principal, être celui qui raconte. On devra me croire sur parole et ce que je dirai sera la vérité. Pour moi, c'est enfin le Début. Mon projet prend forme ; Dina est contente, et je me jette à corps perdu dans mes premiers concerts, pour faire mes armes en tant que «reporter officiel de la *night*». J'écris officiellement mes premières lignes rémunérées quelques semaines plus tard, et pendant un temps, je vais pouvoir vivre de ma plume. Mon premier article parle en profondeur de la naissance de ce mouvement qu'on appellera désormais le mouvement Punk.

Me revoilà, à me sentir comme un roi, dans le désert grisâtre des rues aux astres artificiels. Dehors, la nuit, le vent frais et la poésie à chaque coin de rue. Je me déplace de point en point, à la recherche de la ligne parfaite, de notes de musiques saturées de rage et de grésillements ; je suis l'observateur discret de mon temps tout entier. Raconter une société est certainement un prétexte pour se raconter soi-même, car nous passons notre vie à essayer de nous raconter nous-mêmes. Peu importe l'Art avec lequel on le fait, on parle de quelqu'un, et ce quelqu'un c'est nous. Les peintres, les auteurs, les musiciens, les cinéastes ; le thème choisi n'est jamais anodin, et la «distance artistique» n'est qu'un prétexte. Et puis, tous les artistes ne sont de toute façon que des escrocs aux sourires ravageurs. Ils se montrent eux-mêmes, tels qu'ils sont, à des gens qui pensent y voir de l'Art. Nous sommes décidément dans une époque de psychanalyse permanente. Au final, les musiciens de rock sont les moins pires. C'est pour ça que j'aime parler d'eux, que je veux parler d'eux. Je veux arriver à transcrire, par des mots d'encre noire, la violence et l'électricité de cette musique, en montrer le côté dionysiaque qui efface deux mille ans de christianisme castrateur. Faire entendre le souffle et l'énergie, et l'installer dans mes lignes pour réveiller le lecteur anesthésié par la monotonie du temps tic tac qui passe. Il y a aussi quelque chose de l'ordre de la révolte, et donc de la liberté et de sa recherche. C'est une expression du refus. Mais tout ça c'est cliché, et les clichés c'est emmerdant.

Voilà le travail qui commence. Je me perds dans une nuit, entouré d'un milliard d'étoiles. Que tous ceux qui rêvent d'une meilleure couette me pardonnent, mais la nuit ne réchauffe que les coeurs perdus.

Chapitre 17

Du bleu du ciel au noir des nuits

Critique du bleu au noir...

Underground à Paris

9 avril

« Voici une nouvelle promenade à travers quelques spectacles parisiens « marginaux » ou « souterrains ». Paris, qui avait brisé robots et ordinateurs électroniques pour rêver sur les photos jaunies de Marlene Dietrich, Marilyn Monroe, ou Brigitte Bardot, s'est réveillée de ses angoisses nostalgiques pour vivre au rythme de l'avant-garde, dans un délice clinquant peuplé de couleurs chatoyantes et d'un vrombissement de guitare électrique qui restera la marque des années 70, même si on la trouve encore bien présente aujourd'hui. Cette semaine pour meubler nos voyages nocturnes : de la musique, de la peinture, du cinéma à tous les coins de rue ; tous les artistes s'en donnent à cœur joie ! »

Critique du bleu au noir...

Underground à Paris

23 avril

« Le night-club était endormi, les danseurs fatigués par trop de pas endiablés vidaient une dernière coupe de champagne

– en l'honneur du grand Dionysos ! – tandis que la neige engluait les carreaux irisés, quand soudain la jeune femme, les reins ceints par une ceinture de bananes, sauta sur la scène. D'abord il a ri du maquillage sur son visage, ses cheveux noirs et crépus, sa grâce presque animale, mais tandis qu'elle terminait sa chanson le jeune homme blond avait compris qu'il l'accompagnerait pour le reste de la nuit. C'est ainsi que Paris rencontra Joséphine, il y a bien longtemps de cela, et rêva avec elle une nuit d'amour sous les strass et les plumes d'autruche, une nuit qu'il n'oubliera sans doute jamais. Des histoires comme celle-là, il en arrive tous les soirs. Il suffit de garder les yeux ouverts quand tout le monde se laisse emporter par la fatigue.

Les portes d'un faux temple antique se sont fermées

sur des généraux

et des prélats chamarrés

tandis que l'obélisque en érection,

versait les larmes inconsolables d'Éros

bye, bye

Oui, Paris avait eu un coup de cœur pour celle qui le faisait rêver à la savane africaine, et c'est dans le champagne qu'il noya sa peine par une nuit peuplée de songes diaphanes alors qu'une main gantée de cuir noir claquait la portière d'une Rolls et laissait tomber à terre une croix de fer qui résonnait sur le macadam dans un cliquetis oublié et infini, et jusqu'au matin ont surgi des spectacles de rêve... peut-être même étaient-ils réels. »

Exposition

Autour de Burroughs et Gysin

3 juillet

« William Burroughs-Brion Gysin. Deux noms qui ont marqué la nouvelle génération américaine. De l'utilisation des drogues dures comme élément de connaissance. Du voyage et de l'homosexualité. De l'écriture brisée et du *cut-up*. Le peintre de l'ère spatiale. Machines molles et tickets explosifs. Le colloque de Tanger.

La galerie Germain expose pendant une semaine les dernières oeuvres graphiques du peintre-écrivain-poète-novateur américain, Brion Gysin. Cet ensemble de travaux intitulé « Beaubourg, le dernier musée », est l'aboutissement des recherches picturales de celui qui, avec William Burroughs, a fait prendre un nouveau tournant à toute une génération en lui donnant d'autres moyens pour saisir le Réel et le dépasser, aller plus loin encore, prenant conscience des possibilités d'exploitation du corps et des sens, et de leur saturation par les « drogues fortes ».

Quand on rencontre Gysin, les cheveux coupés *clean* « à la *feelgood* », le visage émacié et calme, l'aspect extérieur quasiment hétéro, si ce n'est une chemise indienne qui fait transparaître son goût pour tout ce que l'Orient ne signifie pas pour les autres, on ne saisit pas au premier abord que ce vieil homme a pu avoir une aventure mentale bondée d'expériences réelles, imaginaires ou hallucinatoires aussi importantes.

À Tanger (après un passage par Paris), il se lie profondément d'amitié avec Burroughs. Ils errent ensemble dans la médina, vont boire du thé à la menthe dans les cafés maures en fumant des sipsis de kif et le soir, dans la chambre d'hôtel, vide, c'est le voyage pour nulle part, celui qu'on fait trop souvent, en toute discrétion, mais dont on n'ose pas parler.

La nuit à Tanger, on voit un délicieux monstre aux cheveux d'argent lancer une grenade et allumer un incendie au napalm, on voit William qui se livre à des attouchements troubles avec son fils Bill sous le regard de la lune complice, et Brion erre dans le souk, draguant les petits frères à la peau foncée qui vers minuit prennent leur thé à la menthe, seuls à la terrasse du café Fuente, accroupis dans leur djellabas. »

Alain « Death Trip » Pacadis

WHITEFLASH

Une semaine (de plus) sous influence

4 novembre

« La nuit à Paris est pleine de surprises : des rues vides, lumière noire de la lune et bars troubles où les faux dealers arnaquent les vrais junkies. « *Si vous marchez dehors, à cette heure et en ce lieu, c'est que vous désirez quelque chose que vous n'avez pas, et cette chose, moi, je peux vous la fournir* ». Définition du *deal*. Les programmes TV viennent de finir, tous ceux qui travaillent demain vont se coucher, il est temps pour les autres de sortir pour faire de la nuit une party qui ne se terminera qu'avec le lever du jour. Les néons du McDonald's colorent les retardataires pendant qu'ils dévorent leur hamburger cheese-bacon. Place Pigalle, là, ce sont les travelos qui s'activent et les michetons dissimulés derrière leurs grandes lunettes noires sentent leur bite se durcir, petit à petit. Quelques bières enfilées au « Soleil levant », une partie (perdue) de flipper. Tilt ! Il est temps de se blottir au creux de la banquette moelleuse du taxi, ce guide des temps modernes : destination ? Inconnue. Je m'assoupis, rassuré. »

WHITEFLASH

La semaine d'un jeune homme (très) chic

8 décembre

« Whiteflash » a toujours recherché les « créneaux » en

essayant de passer le point de non-retour, un stade que les gens normaux ont peur d'atteindre car il vous place en équilibre sur la tranche d'un couteau. C'est pour cela qu'y a été privilégié le discours sur les nouveaux groupes de rock anglais qui se disent anarchistes et se parent des insignes allemands de la Seconde Guerre Mondiale (Sex Pistols...), le discours sur les nouvelles musiques électroniques et leur influence sur la musique moderne (le groupe des Daft Punk...), le discours sur les drogues dures et les lieux louches de Paris où les junkies peuvent se les procurer, le discours sur les travelos et les homosexuels non plus envisagé dans un sens théorique (Recherches...) mais vécu au quotidien. Maintenant, « Whiteflash » s'intéresse aux moments les plus anodins de la vie, ceux qu'on a tendance à oublier parce qu'ils font partie du quotidien, comme aller prendre le thé chez Angelina ou flâner dans une salle du Louvre ; pour lécher les pieds de la Victoire ou penser avec le Penseur. Ceci n'est pas un changement d'orientation, simplement une mise au point. À la limite, il faudrait arriver à ce que tous les instants de la vie soient des flashs qui s'impriment directement dans la mémoire, en black'n'white, si vous voyez ce que je veux dire...

– samedi 10 : concert dans la série des « One night only » : s'enchaînent, dans une monumentale acclamation de la foule, des groupes complètement allumés. Et pas des moindres : New York Dolls, le Velvet Underground (oui oui, avec Lou Reed), Lydia Lunch & Gray. La même soirée. Le concert s'est terminé après le lever du soleil, et c'était comme si on avait passé la nuit entière dans le tambour d'une machine à laver. Ou broyés sous les chenilles d'un char boche. Une chose est sûre, c'était vraiment la guerre ! Une seule nuit a suffit à me rassasier tout entier de musique. Ils en ont profité pour annoncer la prochaine soirée de ce genre ; le prochain *dream concert* réunira Les Rolling Stones, Les Beatles, Les Kinks, The Who, David Bowie, alias Ziggy Stardust, et... Iggy Pop, l'homme salamandre ! Ça promet de bonnes nuits à venir.

– dimanche 11 : comme chaque semaine : rien.

– mardi 13 : j'ai fait l'amour sur un terrain vague (ou de football ?) puis promenade en bateau-mouche pour fêter notre mariage, avec Dina. Je l'aime.

– vendredi 16 : rien mais, en bon chrétien, on mange du poisson... »

Chapitre 18

Le refuge nocturne des anges perdus

En plein cœur de la ville. C'est souvent là qu'on trouve les plus belles perles d'ailleurs. Je ne sais pas si cet endroit en était une tant il était curieux, étrange, et provoquait des réactions particulières lorsqu'on en parlait autour de nous. Selon qui l'évoquait, face à qui, en présence de qui, le regard était soit complice, soit inquisiteur ; le dernier cas concernait les gens qui ne connaissaient que la réputation de l'endroit. Mais je dois dire que je n'en ai jamais rencontré. Dans mon milieu, dans mon « cercle », tout le monde savait de quoi il s'agissait. Tout le monde avait sa petite expérience, plus ou moins longue, plus ou moins douloureuse. Pourtant, bien que tout le monde soit conscient de son existence, on s'efforçait d'éviter le sujet du mieux qu'on le pouvait ; c'était quelque chose dont on ne devait pas se vanter en public, sous peine d'être mis à l'écart. Il ne fallait pas être ce genre de personne, qui fréquentait ce genre d'endroit. Alors on faisait mine de connaître sans connaître, «ah oui, j'en ai déjà entendu parler, oui bon, il faut bien un endroit pour qu'ils se retrouvent tous hein !» ; certains grimaçaient, ou devenaient rouges, sans aucune autre raison que l'évocation de ce lieu, dans lequel beaucoup de regards timides et désespérés sont venus chercher du réconfort, le temps d'un instant.

Au demeurant, c'était une bouche de métro désaffectée et sale, qui ne servait plus au trafic urbano-ferroviaire, mais plutôt à d'autres trafics, corporels et interdits. La journée, cette zone aménagée en petit parc sobrement boisé, était fréquentée par les amoureux. De nombreux bancs, protégés par de grands arbres touffus, représentaient l'endroit idéal pour que les jeunes amants puissent s'amuser à l'abri des regards indiscrets. Les jupes se relevaient, les mains se baladaient ; mais sans aller plus loin : le soleil veillait tout de même à garder une certaine décence. Des histoires d'amour ont commencé ici, mais aucune ne s'y est terminée. La journée, c'était comme une île où l'on voulait *commencer* les choses, en sachant que le secret serait bien gardé. Mais dès que l'astre épuisait s'éteignait peu à peu, le bal changeait de visage et des inconnus venaient s'échanger regards, argent, et autres services plus ou moins personnels.

Une zone d'ombre dans la ville radieuse, un point noir sur la figure d'un ange. Un grain de beauté peut-être. Du carrelage craquelé, irrégulier, accompagnait l'escalier qui plongeait dans une obscurité parfaitement immobile. Une grande enseigne rouillée laissait apparaître le nom de l'ancienne station, « *Quai Saint Jean-le-Baptiste* », qui n'était rien d'autre qu'un ancien terminus qui servait à entretenir et réparer les rames de métro fragilisées. La restructuration de la ville avait provoqué le déplacement de beaucoup d'entreprises vers d'autres destinations plus favorables aux services commerciaux habituels. De fait, les gens avaient pris d'autres habitudes et abandonnaient des lieux comme celui-ci, qui étaient pourtant autrefois très fréquentés. Cela dit, la désertion d'une population permet le plus souvent l'installation d'une autre population, qui s'approprie le lieu à sa manière. C'est bien ce qu'il s'est passé avec ce quai de métro, devenu un lieu de rassemblement incontournable. Il était situé à l'arrière d'un bloc de vieux immeubles en briques d'après-guerre, près d'un escalier qui servait en cas d'incendie ; aucune fenêtre ne donnait sur la sortie de la bouche de métro, ce qui apportait au lieu une certaine intimité qui n'était pas négligeable. L'ombre cachée au sous-sol restait à tout moment imperturbable, hermétique à toute intrusion. Dans le calme des choses oubliées, l'ancienne station de métro attendait ses usagers les plus assidus.

Souvent, le rituel commençait juste à la tombée de la nuit. Ceux qui appartenaient au monde diurne s'empressaient de quitter les lieux, lorsque le soleil se faisait moins étincelant, plus froid. On regarde sa montre puis tout à coup, on se hâte, on enfile sa veste, on ramasse son sac ; on regarde de tous les côtés, on s'embrasse rapidement car il ne faut pas traîner, et on fuit sans oser se retourner. Quels monstres peuvent bien vivre ici ? Une petite période de transition, le lieu lui-même reprend son souffle et se prépare à accueillir ses locataires éphémères. La nuit s'avançait lentement et dévorait tout sur son passage. La ville s'éteint, ça y est, la ville s'endort. Et chacun, au sein de la nuit, vit désormais dans le rêve de cette ville.

En fait, ce n'était pas le quai de métro en lui même qui était l'objet de cette étrange réputation. Qui plus est, Saint Jean Baptiste avait une bonne réputation, depuis que Léonard de Vinci lui avait donné, comme à la Joconde, un secret à garder. Et puis, un quai de métro, ce n'est rien d'autre qu'un quai de métro. L'intrigue se déroulait plutôt dans une petite pièce près du quai, où se rendaient parfois certains voyageurs le temps d'une pause, où les clochards viennent se laver les dents le matin ; un endroit où se traitent les envies pressantes et les affaires rapides.

En haut de l'escalier, une ombre s'avance, hésitante. Une deuxième la rejoint, suivie d'une troisième. Bientôt, ils sont un peu plus d'une dizaine, groupés devant les escaliers ; certains descendent, après négociations ; d'autres leur emboitent le pas, quelques minutes après. Après un temps, le temps que l'affaire se fasse et que les échanges soient résolus, ils remontent et disparaissent dans les rues voisines. Ce ballet dure toute la nuit, où dans le fin fond d'une obscurité dure et honteuse, des services entre hommes se rendent ; tout commence par un regard, puis un geste qui définit l'objet de l'échange. Ensuite c'est la descente dans les profondeurs, les retrouvailles sauvages dans l'odeur du lieu. Sans autre spectateur qu'eux-mêmes.

Je suis l'une de ces ombres.

Dans ces moments-là, il m'arrive de pleurer et de repenser au désert, au grand vide qui pourtant comble les doutes et les espérances. L'autre personne parfois ne comprend pas, s'excuse ; d'autres sont plus excités encore. Mais moi j'attends que les choses se passent et j'arpente les sables chauds, et rassurants ; la mauvaise compagnie est pire qu'être seul. C'est à cette période que je l'ai appris, un peu à mes dépens. Seulement, la mauvaise compagnie c'est quand même de la compagnie, et ça évite d'être seul, dans le monde. Une fois les choses terminées, quand je remonte les marches pour sortir du métro, et que je remets ma veste salie par la poussière, j'ai l'impression de renaître en sortant de terre. La lune est encore là, qui veille ; heureusement.

Les heures tournent et des choses se passent. L'aube joue le rôle d'un flic, et vient mettre un terme à tout ça. Jusqu'à la nuit prochaine.

Chapitre 19

Toujours en direction de nulle part

(TAXI. – Quand je t'ai ramassé, tout à l'heure, je te tutoie, on se connait mieux maintenant, tu étais mal en point. J'ai même cru voir quelques larmes couler, sur tes joues creusées ; je me mêle peut-être de ce qui ne me regarde pas, mais comme je suis celui qui te transporte et qui est garant de toi pendant le transport, depuis la rue jusqu'à chez toi, depuis le froid du monde jusqu'à la chaleur du foyer, je me permets de te le faire remarquer. Je n'aime pas ramasser les gens comme toi : les gens comme toi ne paient pas. Souvent, ils me disent, une fois la course terminée, qu'ils n'ont pas d'argent pour payer et on ne peut rien faire. On les tabasse, c'est vrai, parce que les taxis savent aussi parler le langage de la rue et il le faut bien, puisqu'on traite avec des gens qui viennent de la rue. Il faut parler la même langue que celui qui est en face de nous, sinon il ne nous comprend pas ; si tu cries quand moi je chuchote, on ne peut pas s'entendre parce que ta voix couvrira la mienne et tu ne pourras pas m'écouter. C'est pour ça que parfois le silence est aussi puissant qu'un cri. Parce que le silence permet d'entendre. Et on peut se répondre.

Je suis entre deux mondes moi, tu sais. Là, mais en mouvement, perpétuellement en mouvement, à la fois à un endroit et virtuellement partout ; très souvent en chemin, je n'appartiens à aucun trottoir, ni à aucune place de parking. Et si tu regardes bien, je suis assis et je ne bouge pas. Par ces principes de pédales et de moteur, je dirige mon immobilité d'un endroit à l'autre, selon les volontés de mes clients. Ils ont besoin de moi, je suis là ; et si je n'y suis pas encore, il te suffit de compter jusqu'à cinq - un, deux, trois, quatre, cinq - et tu me verras arriver.

Tu connais l'histoire du mec qui amène les gens d'une rive à l'autre ? Il parait qu'il vit toujours, quelque part, caché. Je n'ai jamais vu ce mec-là, bien que j'aimerais ; mais nous, les taxis, on prend un peu sa place, et d'un trottoir à l'autre, sur ces grands fleuves de bitume, dans ce dédale immense, nous vous embarquons pour vous amener sur l'autre rive. Souvent on vous ramène de la rue à chez vous, c'est ce que je dis toujours, on vous ramène du froid mordant du monde à la chaleur douce et tendre du foyer. Nous accomplissons notre devoir dignement, sans parler, sans faire de bruit, dans le silence que propose poliment la nuit. Ça ne dure qu'une seconde, quand la voiture ronronne et fend le silence qui s'étale comme les tentacules d'une pieuvre dans la ville, pendant que les travailleurs dorment et que les créatures étranges s'amusent. J'accompagne aussi bien l'un que l'autre, mais ça ne veut pas dire que je ressemble à l'un ou à l'autre, non ; je suis entre-deux. Nous ne sommes pas ensemble, et je ne suis pas dans le rang de vos ennemis, qui vivent et brillent à la lumière du jour. Moi, ma voiture me convient bien. Je ne demande pas plus que cela. Je suis parmi vous, sans pour autant être l'un des vôtres.

Alors pourquoi es-tu si triste ? Qu'est-ce qui est en train de t'emporter ? Tu as un beau costume, on dirait un dandy anglais – ton pantalon complètement déchiré au niveau des genoux est un peu de mauvais goût, je te l'accorde, dans le rétroviseur en tous cas, par ce miroir, je te trouve admirable. Les pin's sur ta veste en cuir comme une constellation, tes médailles militaires ajoutent elles aussi un certain charme à l'ensemble ; tu es passionné de costumes militaires non ? Chaque lampadaire fait jaillir de ces reliques un éclat de lumière, semblable à ceux que renvoient les petits morceaux d'une ampoule brisée. Elles se raniment doucement.

Ne t'inquiète pas, on est bientôt arrivé.)

Chapitre 20

Sur le travail

On me demande souvent ce que je fais la journée. La réponse est pourtant très simple : je ne fais rien. Absolument rien. D'ailleurs, qu'est-ce qu'on pourrait bien faire la journée ? Faire les courses ? Comme un bon *straight* qui se respecte ? Aller au travail peut-être, c'est vrai. Les rares fois où je me suis rendu à la rédaction de bon matin (déjà, c'était certainement après une nuit blanche passée à boire et à danser), je ne me suis pas senti à ma place. J'appartenais à cette rédaction, c'est vrai, tout en restant bien en retrait. Cette sorte d'entente tacite était ce qui faisait la réussite de cette coopération tripartite : les autres s'occupaient de faire grossir le journal, et de mettre en forme la plaquette à imprimer ; moi, je m'occupais d'écrire ce que je voyais. Je ne voulais pas que cela devienne autre chose, surtout plus contraignant. Cette liberté assumée faisait le charme de ce job, et tant que j'arrivais à produire des textes à la chaîne, cela m'allait. Il faut dire aussi que le mouvement de l'*underground* s'accélérait, et la scène évoluait très rapidement : il y avait naturellement plus de choses à raconter, de gens à interviewer, de bagarres à commenter. Nous gardons aujourd'hui en tête que le punk est né de la révolte adolescente, de la revendication de la liberté. La musique servait de défouloir, de preuve de liberté, et les concerts devaient aller encore plus loin que ça : on s'embrassait, on se battait, on buvait, on vomissait et tout ça, sans aucune contrainte. L'extrémisme apporté par la génération « *No Future* » (dans laquelle je m'incluais de tout mon être) était lui aussi un point de vue important.

On a beaucoup parlé de ce mouvement dans le mouvement. Quand les Sex Pistols ont lancé ça, qu'est-ce qu'ils voulaient vraiment dire ? Oui, notre génération n'a aucun avenir, nous en sommes conscients ; nous passons nos journées dans le caniveau de la drogue, nous buvons plus que notre corps ne peut le supporter. Ces mecs-là n'ont rien inventé, ils ont simplement constaté un fait. Ce que cela veut aussi dire, c'est qu'au lieu d'attendre d'aller droit dans le mur en espérant le fracasser, autant profiter de la douleur provoquée par le fait de justement s'éclater dans le mur. Les nihilistes avait dit « *Carpe diem* », mais j'ai toujours trouvé que le latin était ringard et démodé.

Parfois, je me dis que j'aurais voulu être quelqu'un d'autre. Juste pour voir ce que ça faisait. J'aurais voulu ne pas prédire ma propre vie (pour ne pas dire ma propre mort). Juste pour voir ce que ça fait. J'aurais voulu être ou ne pas être tout un tas de trucs, avoir dit telle chose à tel mec, avoir fermé ma gueule à ce moment-là ; j'aurais aimé passer plus de temps là-bas, au milieu des jardins dans lesquels on court quand on est gosse, à regarder les nuages et à imaginer que toute une armée d'anges vit là-haut. J'aurais voulu que ma mère vienne me dire, une dernière fois, un jour de pluie où le tonnerre gronde : « C'est le bon Dieu qui déménage ». Pourquoi aurait-il besoin de déménager ? On croit en un tas de choses, et puis on avance dans la vie. L'âge s'inscrit sur nos visages, les gens nous le font remarquer, et puis on se met à croire en d'autres choses. On oublie nos premières mythologies, comme on oublie un premier amour, qui va s'endormir tout au fond d'une cour de récréation. Notre mémoire vient effacer cette cour de récré, et tout ce qui vivait dessus ; alors on se met à combler notre propre mémoire avec des trucs qui nous plaisent. On sélectionne tel fragment de souvenir, parce que c'est rassurant. Et on s'invente des dieux qui croient en nous, parce qu'on n'a plus la force de croire en eux.

Dans mes notes :

Un soir, juste à la tombée du soir, il m'est arrivé de prendre du vin et une baguette de pain, pour aller les déguster tout au fond d'une église, afin d'en apprécier toutes les subtilités. C'était une prière, trop honteuse pour être faite dans les règles de l'art. Je voulais montrer au Patron que j'étais là, et que s'il voulait, s'il en avait le temps, j'étais prêt à être aidé.

Je n'ai rien fait d'autre, en racontant mes soirées, que d'être un touriste. C'est une attitude à adopter. Un touriste qui est là, les mains dans les poches, sans jugement sur ce qu'il voit ou ce qu'il entend. L'essence même du touriste c'est d'être

là

, dans le présent des choses, au plus près des secondes qui passent. Les enlacer, les embrasser même, au point de les comprendre parfaitement. Et puis les retranscrire dans toute leur réalité, qu'elle soit belle, insoupçonnée, sale ou dérangeante. Le monde est comme il est. Et la réalité est parfois un travelo avec un corps de rêve. Certains aiment, d'autres pas du tout.

Chapitre 21

Palace Warhola

Après cette première expérience satisfaisante, aussi bien sur le plan financier que critique, le journal devait désormais prendre une autre direction. C'est ce qu'Yves n'arrêtait pas de nous aboyer depuis des semaines. Il voulait que l'on se rapproche d'autres journaux de l'époque, en devenant plus sérieux : le ton allait certainement rester le même (comment changer une écriture qui m'appartient depuis toujours ?) mais il fallait ajouter de la photo, parce que «quelle meilleure illustration que la photo du mec que tu interviewes ?». L'idée, pas si mauvaise, était de faire cohabiter texte et image, l'un servant à éclairer l'autre. Résultat, j'allais me retrouver avec un mec qui s'occuperait de photographier chacune des interviews que j'étais susceptible de faire. Ça ne me déplaisait pas, dans la mesure où cela ne changeait rien pour moi ; au contraire, mettre des visages sur des noms, ça aiderait certainement beaucoup de monde. C'est vrai, il y a tellement de célébrités aujourd'hui que c'est difficile de s'en rappeler. Alors imaginez que vous les croisiez, le soir, la nuit même, avec de l'alcool plein le sang, accrochés aux bras de leurs maitresses. Acteurs de cinéma, de théâtre, chanteurs, animateurs télé. Tous les métiers y passaient. Je crois que j'ai croisé vraiment beaucoup de monde. Je les aimais tous, parce qu'ils me donnaient un peu de leur temps ; pendant une heure, deux ou même une après-midi complète, ils restaient assis à m'écouter poser mes questions. Souvent, on buvait pas mal avant de commencer, ou on se roulait un joint. Tout dépendait de qui était en face de moi, mais j'ai eu la chance de ne croiser que des gens comme moi, *compréhensifs*. Dans tous les sens du terme. Les concerts de punk rock étaient une période que j'avais aimé de tout mon cœur ; c'était un moment de liberté qui était nécessaire. L'époque nous pousse à la révolte, alors nous allons à la révolte. L'être humain est ainsi fait qu'il suit ceux dont les paroles résonnent ; c'est dans les vieux hangars et les squats abandonnés que j'ai trouvé mes prophètes d'un temps, ces parleurs, souvent très beaux, surélevés et énervés. Surtout, j'ai eu une famille. La nuit m'a ouvert ses bras, et j'y ai trouvé des gens comme moi. « Des machines cassées », comme dirait un poète d'aujourd'hui dont j'ai oublié le nom (je crois qu'il était auteur de théâtre). Aujourd'hui je fais partie de ce que les journaux appellent le *show-biz*. Je viens du désert, j'ai encore du sable dans mes chaussures, des gens me lisent et apprécient ce que je dis. J'ai des amis, des vrais amis et des éphémères ; j'ai trouvé Dina. Je revois souvent Paquita, elle a ouvert une boite de nuit, ça marche bien pour elle je crois. Certains du squat aussi, un peu moins c'est vrai ; il y en a quelques uns qui sont partis pour le plus long des voyages. On dit que plus on est haut, plus les fêtes sont géniales. Chanceux.

Le mec qui allait m'accompagner dans mes virées (les plus joyeuses comme les plus sombres) s'appelait Claude. Yves avait en tête le modèle américain des articles que faisaient Ralph Steadman et Hunter S. Thompson. C'est Claude qui m'a appris à trafiquer les notes de frais pour gagner plus d'argent. C'est sûr, la pige c'est toujours mieux que rien, ça permet de manger un peu et de pouvoir continuer à sortir sans trop de contraintes ; en attendant mieux, c'est déjà pas mal. Je suis si déphasé que je suis souvent incapable de savoir quel jour on est ; quelle date, quelle année. Je n'en sais plus rien. Le Temps est une énigme irrecevable pour ma conscience. À vrai dire, et après une courte réflexion, je pense que nous ne vivons qu'une seule et même journée, et longue. Les dates, le temps, les montres, tous ces trucs ça ne représente rien. Encore un truc de *straight*.

Mais nous étions le début de l'année. Quelque chose dans l'air me le faisait sentir. Comment savoir que la nouvelle année venait d'arriver, quand on passe toutes nos nuits à fêter le jour qui arrive ? Depuis toujours, j'ai horreur de ces fêtes de fin d'année. J'ai l'impression de ne pas être comme tous ces gens. Pour les fêtes, je reste donc chez moi. Devant le téléphone, afin de pouvoir répondre à tous ceux qui m'appellent pour me souhaiter leurs voeux. À condition qu'ils ne m'appellent pas trop tôt. Je donne moi-même des coups de téléphone, en faisant attention de ne pas rappeler ceux qui m'ont appelé juste avant ; il paraît que ça porte malheur.

Cette année a aussi été le début de mon règne sur une des plus célèbres boîtes parisiennes : le Palace. J'y suis entré, et je ne voulais plus jamais en ressortir. C'est rapidement devenu mon deuxième chez moi, où j'ai une table attitrée, des bouteilles gratuites – à volonté ; où je fais la plupart de mes interviews, où je danse. Toutes les stars de la capitale y viennent, dans le but de voir et de se faire voir, un peu comme à l'époque du Roi et de sa Cour. Évidemment, ils sont des dizaines à se prendre pour des rois. J'ai quand même rencontré des gens très intéressants, qui allaient me donner l'occasion d'avoir une relation privilégiée avec eux. C'est ainsi que je fais la connaissance du patron du club : Fabrice Baer. C'était un mec connu, un mec du « milieu » (si tant est qu'on puisse trouver un juste milieu en pleine nuit), qui avait réussi le tour de force de rassembler tout le monde dans son établissement. Graces Jones avait même reprit « *La vie en rose* » de Piaf pour l'ouverture. Les serveurs étaient habillés par Thierry Mugler en personne, et ressemblaient à des rayons de soleil rouges et dorés. J'aimais beaucoup discuter mode avec Thierry, et je dois dire qu'on passait des nuits entières à passer en revue les convives. Rapidement, le lieu devient incontournable et des habitudes se mettent en place. Karl Lagerfeld et Jean-Paul Gaultier viendront y chercher leur inspiration et se perdre dans des délires colorés. Mick Jagger, Frédéric Mitterand, Roland Barthes, Yves-Saint Laurent, Christian Louboutin (qui m'a raconté l'histoire de ses semelles rouges, j'ai toujours gardé le secret). Les gens se croisent, dans ce microcosme, ce qui ne déplait à personne car il ne met personne de côté. Beaucoup de relations se créent, ce que je ne manque pas de noter et de retranscrire dans mes chroniques. Et puis un jour, ou plutôt un beau soir, Fabrice vient me chercher et me tire de mon fauteuil : « Pacadis, debout. C'est le moment de briller. Warhol est là. »

Comme une apparition, il est entré dans le Palace et tout le monde s'est arrêté de parler. La musique est restée en suspension, distordue pendant quelques millièmes de seconde. Je ne l'avais vu qu'en image, à la télévision, et j'écoutais sans cesse ce qu'il racontait à la presse. Pour moi, c'était certainement l'un des esprits les plus brillants de notre temps, et un artiste puissant. Il a traversé la salle, conscient de son impact sur le public, et s'est dirigé vers une table dressée spécialement pour lui. Il était accompagné de quelques mannequins féminins d'une beauté angélique, et d'un autre artiste qu'il prenait sous son aile, Jean-Michel Basquiat.

ANDY. – J'adore vivre à Paris et je me fous complètement que mes détracteurs m'accusent de parisianisme ; quand on vit à Paris, comme à New-York ou à Londres, on peut aller à la campagne à Central Park ou au bois de Boulogne, just for one day you know, mais si tu résides à la campagne, où est-ce que tu vas aller trouver du béton ?

PACADIS. – J'aime aussi le béton plus que la campagne. C'est rassurant, c'est organique. La ville nous offre tout ce dont on a besoin ; la ville est une mère éventrée qui nourrit ses enfants avec générosité, tous les jours.

Il s'arrête un instant, pensif. Le monde autour de lui avait imperceptiblement ralenti.

ANDY. – C'est beau. Ça me donne une idée de tableau. Une carte de l'Amérique, la grande Amérique, allongé sur une sorte de lit, ou de sofa (il l'avait prononcé avec un accent british) et j'y collerai des étiquettes de marques différentes. Je l'appellerai La terre nourricière. Tu le feras avec moi, t'es un bon mec, t'es hype, t'es inspiré. Tu devrais écrire, t'as déjà écrit ?

PACADIS. – J'ai écrit des tas de choses et je continue d'écrire des tas de mots. C'est mon monde ; et ce que je vis, je le raconte aux gens à travers des mots parce que c'est la seule chose que je sais faire. Certains m'aiment bien, et comme ils m'aiment je les aime ; ça me rassure de savoir que je ne suis pas seul et que, là dehors, quelque part, des gens ouvriront le journal et chercheront ma chronique, cachée comme un trésor au fond d'une série de lignes. C'est ma façon de leur vendre un peu de rêve, car on ne vit jamais vraiment dans un rêve, mais toujours un petit peu à côté ; il suffit d'un tremblement pour qu'on y bascule tout entièrement. J'ai beaucoup eu peur, sans jamais trembler. Mon rêve à moi est bien loin, en hauteur peut-être, ou à l'autre bout du monde. Quand je l'aurai attrapé, je pourrai vous dire ce que c'est.

ANDY. – Ne me vouvoie pas, sinon la prochaine fois je te fais virer sur-le-champ.

Les deux hommes continuent de parler et d'échanger ; Andy venait de faire un film, Alain était fan. La discussion bascula ensuite sur Basquiat, qu'Andy présentait comme le Roi des villes.

PACADIS. – J'aime ton travail, Basquiat. J'aime ta façon de nous rendre le monde. J'ai vu quelques unes de tes oeuvres, c'était très étrange la première fois. Il faut s'y faire. Et puis on comprend que le monde est un grand brouillon dans lequel tu essaies de mettre de l'ordre. Je savais déjà qu'on vivait dans un grand bordel incompréhensible – ceci dit, l'alcool et la drogue ne nous arrangent pas non plus –, mais avec toi, ce bordel devient poétique et envoutant.

ANDY. – C'est un génie. Il ne fait aucun doute que ce sera un jour l'artiste le plus cher du monde. Je lui prédis un bel avenir.

BASQUIAT. – Je ne sais pas ce qu'il va se passer. J'ai commencé dans la rue, j'ai vu ce que c'était. C'est là que j'ai appris et c'est à la rue que je dois tout. Pendant des années avec mon groupe, puis ensuite seul, d'abord en meute, puis en solitaire, j'ai été ces chiens que l'on voit parfois, qui suivent les bonnes odeurs. J'ai appris de mon environnement, je me le suis approprié ; on m'a dit une fois que j'étais le père de l'art de rue mais je ne crois pas. Il me semble que ça existe depuis longtemps, très longtemps, et même depuis toujours. Dans les grottes de ton pays, Alain, il y a des choses inscrites sur les murs. L'homme, l'être, est urbain par essence, parce que les villes sont des temples modernes. Et dans toutes les époques, dans tous les pays, il y avait des temples. Je rêve de pouvoir inscrire quelque chose sur une église, un jour, pour voir mes symboles gagner en puissance et en force. Je rêve de pouvoir revenir à cette origine-là, graver des mots sur un lieu où la parole prend tout son sens. J'y mettrai sûrement une couronne aussi, en référence à la royauté, et un négro parce que j'en suis un, et que c'est ma normalité à moi.

ANDY. – Dites-moi, vous parlez d'art mais Alain, est-ce que tu connais une église pas très loin d'ici ? Qu'on puisse réaliser le rêve de Basquiat. Ça te fera un bon article à raconter ! « *Comment Warhol et Basquiat se sont retrouvés au commissariat, après avoir fait des graffitis sur le mur d'une église* ».

Finalement, rien de tout ça ne s'est passé. Ils sont restés au chaud, dans leurs sièges molletonnés à boire du champagne. J'étais assez déçu, j'aurais voulu avoir un article comme celui-là. Et puis, cela faisait longtemps que je n'avais pas couru dans les rues, de nuit, pourchassé par la police. Mes promenades nocturnes devenaient de plus en plus tranquilles, un rythme était en train de s'installer. En apparence seulement. Je ne ralentissais que la vitesse de ma marche. Dina ramenait toujours autant de substances dans notre appartement, celui de mes parents. Quelques personnes venaient avec elle, parfois. Je préférais donc rester dehors, errer, et retrouver le goût du voyage. Croiser des gens, inconnus, sans savoir ce qui va se passer. Frôler des voitures garées, aux vitres noires, desquelles s'échappent de la fumée de cigarette. Longer les fourgonnettes où se négocient des instants d'amour prêt-à-emporter. L'Orient me revenait en tête assez souvent, et je n'attendais qu'une opportunité pour pouvoir y retourner et y puiser d'autres choses. Sinon, j'irai dans un autre pays. Paris n'était pas le centre du monde, et ce qui m'étouffait, c'était que tout le monde s'efforçait de le croire. Alors je marche au milieu des rues. J'espère trouver une porte qui me mènera directement les pieds dans le sable. Ou dans une jungle. Quelque part loin d'ici. Yves me l'avait dit : « Alain, ça commence à se voir que tu t'ennuies. ». Et moi je lui disais toujours : « Je ne m'ennuie pas, je suis en attente. » Mais de quoi ?

Chapitre 22

Avance Rapide, ITW Tellier

L'interview anticipée

Un peu plus tard, après cette rencontre improvisée avec Andy Warhol, j'ai reçu un message de sa part m'invitant à le rejoindre à Londres (« pour que tu vois ce que c'est une vrai *party* ») et le suivre jusqu'aux États-Unis. Il me promettait un accès à tous ses locaux, pour que je puisse « donner la meilleure image de lui ». J'étais très flatté de cette invitation, mais dans l'immédiat ce n'était pas possible. Je lui ai juré de le rejoindre, dès que cela me serait permis, à New-York. En attendant, une interview m'attendait. C'était un mec que je connaissais assez mal, qui avait une avance énorme sur son époque. On entendait peu sa musique, qu'on jugeait trop avant-gardiste (oui, c'est une insulte aujourd'hui) : c'est ce détail qui m'a poussé à faire l'interview. Après une première tentative de rencontre avortée, on se fixe un rendez-vous au Procope pour parler un peu de musique, autour d'une boisson au choix.

« Il arrive quelques instants après moi. C'est un homme au demeurant sympathique et souriant ; il porte une énorme barbe qui cache le bas de son visage. Le haut est couvert par des cheveux mi-longs qui tombent presque sur ses épaules. Derrière ses grandes lunettes noires, comme moi, il me salue, me scrute et s'assoie. Détail important : il commande un café et un verre d'eau. Pour ma part, ce sera un verre de whisky, sans glaçons ; une réputation, comme un chien, cela se tient et s'entretient.

PACADIS. – Sébastien, enchanté de te rencontrer. Après une première fois où on s'est raté, nous voilà enfin réunis. La première fois j'ai cru comprendre que tu étais souffrant, c'est ce que ton agent a bien voulu me dire.

SÉBASTIEN. – Oui. En fait, j'étais dans mon *tour bus* – c'est un bus dans lequel on fait la tournée, c'est logique non ? – et la clim' marchait plus. Du coup, pour pas avoir trop chaud, on m'a mis une ventilation qui crachait du froid de tous les diables et ce qui est dommage, c'est que j'ai fait la première partie de toute la tournée en étant très malade.

PACADIS. – Et donc toi, quand tu es malade, tu te roules un joint en conférence de presse ? On peut franchement dire que ça c'est à fond rock'n'roll !

SÉBASTIEN. – C'est pas parce que je suis malade que je vais arrêter de me droguer. Je me souviens d'un journaliste qui m'a dit « Ouais mais vous essayer de provoquer, tout ça, tout ça ». Mais pour moi, comme je dis souvent, rouler un joint c'est la nature. De l'herbe je veux dire, c'est la nature. D'ailleurs c'est niquel pour le mal de dos, ça soulage vraiment pas mal.

PACADIS. – Pourtant chez Ardisson à la tété, il y a deux ans de ça, tu disais « J'aime pas la drogue, pas plus que le pain ». Donc tu t'es bien foutu de sa gueule à cette époque-là ?

SÉBASTIEN. – Ouais, enfin non ... Ce que j'aime, moi, c'est m'éloigner de la réalité. M'en éloigner le plus possible. Et puis au final, comme on vit qu'une fois, parfois c'est bien de toucher un peu les étoiles. Tu vois, quand on peut s'échapper c'est quand même génial. Comme je dis souvent, les seules choses capables de dépasser l'entendement humain c'est la folie et le hasard ; alors prendre de la drogue c'est un peu provoquer le hasard et la folie. C'est une façon de gérer soi-même sa propre folie.

PACADIS. – Pour cet album, « *My God is Blue* », tu voulais changer un peu de monde, même carrément d'univers.

Là, t'es aux États-Unis, et tu cherches à voir un chaman au Mexique. C'est particulier quand même comme démarche. Enfin c'est la première fois que j'entends ça.

On nous porte les cafés, il se met à rire.

SÉBASTIEN. – Ouais je voulais aller au Mexique – il parait qu'ils ont les meilleurs chamans du monde. Du coup, je suis à Los Angeles, comme les gens là-bas connaissent bien le Mexique, j'ai trouvé un chaman directement à Los Angeles. Au moins c'est facile, tu peux y aller en bagnole, pas besoin de prendre une charrette ou je sais pas quoi. Donc j'ai choisi un chaman, enfin même pas ; je l'ai rencontré en soirée le mec, et je lui ai demandé si il connaissait des chamans et il me dit « mais moi, je suis chaman ». Là, il me fait essayer des potions magiques. Dans tout ça, certaines étaient très fortes ; il y en avait des douces, je sentais rien, mais la plus puissante m'a fait avoir des rêves bleus. C'est carrément un autre monde, et l'inspiration est venue de là. Le but du jeu c'était de transposer ça, transposer ce monde-là, que j'avais vu, en musique, pour ramener un album puissant.

PACADIS. – Des tas de mecs dans la capitale disent que c'était du LSD. Tu maintiens que c'était pas du LSD ?

SÉBASTIEN. – J'aime bien parce que les gars étaient pas là mais il savent mieux que tout le monde. J'étais là, et c'était pas du LSD, le LSD c'est ... je déconseille à tout le monde. Encore une fois, c'est une drogue qui est très mauvaise parce que, on la prend, bien sûr qu'on est en pleine folie quand on la prend, puis après, il y a quelque chose d'autre qui s'installe, bien après la nuit du trip, quelque chose qui est terrible : c'est que le LSD fait que tout est pareil. La beauté, la laideur, c'est équivalent. Et c'est ça que ça donne le LSD ; c'est-à-dire que parfois, sous LSD, on peut regarder un parking et c'est magnifique. Puis après tu vas devant l'opéra, et c'est dégueulasse. Mais après, ça a une véritable répercussion sur ton esprit de tous les jours ; et moi, j'ai détesté que ma vie deviennent plate, que mes émotions soient plates. C'est-à-dire que j'étais pas plus ému devant une cathédrale que devant une boite de conserve.

PACADIS. – Du coup, après tout ça, tu décides de monter un groupe, on va dire ça comme ça, qui s'appelle « L'Alliance Bleue ».

SÉBASTIEN. – Exactement. En réalité c'est une sorte de continuité de l'album – qui s'appelle *My God is Blue* – et justement, je parlais des gens que j'admirais, genre Lennon ou les Stones, c'est des mecs qui avec leurs chansons, ont changé plus ou moins l'humanité, en tous cas la pensée de l'humanité. Mais moi je sais pas faire ça ; tu vois, je suis pas un génie comme les Stones, et c'est bien normal parce que eux sont plusieurs, moi tout seul je peux pas rivaliser avec les mecs. Bon, moi je sais m'entourer pour essayer de recréer la magie mais, quand on est un chanteur seul faut vraiment batailler pour essayer de trouver la magie. Après, parfois, la magie te tombe dessus. Tu rencontres le bon mec, etc.

PACADIS. – Du coup, « L'Alliance Bleue » c'est quoi ? Je peux en faire partie, et rejoindre le cercle ?

SÉBASTIEN. – Mon rêve c'était, enfin c'est, de monter ce projet et que ça marche. Finalement tout ça c'est un peu repoussé à cause de problèmes informatiques qui sont vraiment des problèmes pitoyables. J'ai d'autres problèmes aussi qui sont des problèmes de donations, parce que l'État peut pas comprendre qu'on demande des dons pour s'acheter des Rolls... L'argent en fait va dans ma poche, évidemment, mais c'est pour donner du plaisir aux gens, c'est mon rôle ; je suis là pour faire rêver, je suis un artiste donc mon rôle c'est de faire rêver. Je suis dans une logique de divertissement, j'en ai conscience, j'en ai pas honte. Je viens d'un milieu de forains, j'en parle pas parce que je m'en branle de tout ça mais, n'empêche je viens d'un milieu de divertissement. Après j'invente n'importe quoi, je dis n'importe quoi du moment que c'est divertissant. Moi ça me va, après des gens me prennent au sérieux et c'est là que ça devient débile. C'est ce faux-sérieux hypocrite qui fout tout en l'air.

PACADIS. – Tu viens aussi d'un milieu hyper catholique. Tu étais au Collège Saint-Martin de Pontoise. Avec des jésuites. Est-ce que ce *My God is Blue* c'est une manière de défier Dieu, de défier ton éducation ?

SÉBASTIEN. – Non pas vraiment, enfin je pense que cette école a eu une grande influence sur moi dans le sens où je venais d'une banlieue pauvre, un peu agressive et tout ça mais mes parents, par sacrifice total mettaient tout l'argent du foyer pour que leur enfant ait une bonne école. Et moi c'était ça ma situation. Donc j'étais avec plein de gosses de riches, qui étaient des mecs super sympas, toujours bronzés, qui pouvaient raconter pleins de trucs cools ; moi j'étais fasciné par tout ça mais … J'avais une fascination pour le rêve, une fascination pour l'argent, pour la réussite etc. Maintenant j'ai enfin atteint mon rêve, et donc je peux me permettre d'être moi-même, enfin. Là j'suis dans une bouée – je sais pas si vous connaissez Aqualude ? C'est un parc d'attraction, au Touquet ? – ben là j'suis dans une bouée et j'me laisse descendre, et je kiffe à fond. Je suis vraiment dans une grosse bouée, je descends des rapides, et je me marre. C'est comme les saumons : les saumons doivent remonter la rivière pour se reproduire, maintenant je me reproduis tous les soirs si je veux ! Mais c'est en descente, c'est pas une montée.

PACADIS. – Pourtant t'es marié maintenant. Ça fait pas longtemps. C'est fini les conneries normalement, non ? Tu comptes pas sauter tout Paris ?

SÉBASTIEN. – Bien sûr le mariage ça veut dire beaucoup, c'est-à-dire que j'ai pas loupé ma vie sur Terre. C'est-à-dire que face à Dieu, c'est comme les oiseaux qui se rassemblent tout ça, ou les orques ou j'en sais rien, enfin bon face à la nature, tu trouves ton chemin ; tu te dis : oui je vais passer ma vie avec cette personne. Mais ça n'empêche pas des extras. Je veux dire, ça me ferait trop chier d'être avec une meuf qui se contente d'un seul mec et ma meuf, je pense que ça le ferait chier d'être avec un mec qui se contente d'une seule meuf. On crée une pyramide de sexe, on essaie d'aller le plus loin possible dans l'expérience sexuelle, tout en étant marié hein !

PACADIS. – Ça me rappelle ton morceau *Cochonville*, dans le clip il y a un tas de meufs à poil, on mime des scènes érotiques, on se suce les doigts de pieds, on se caresse ; et toi t'es en gourou, juste derrière. J'aime bien ce morceau. Le son est vraiment très bon.

SÉBASTIEN. – Dans notre magnifique époque, on essaie de faire en sorte, dans les médias dans les religions, que le vice est méchant, que le vice est pas bien. C'est-à-dire qu'un mec qui fait des petites figurines dans le sud de la France, complètement merdiques, ça on va faire un reportage sur lui parce qu'attention le mec, il fait des figurines en mosaïque, c'est très intéressant. Par contre le mec qui organise des partouzes, c'est dégueulasse, on va pas parler de ce gros porc et tout. N'empêche que tout ça, ça donne un esprit biaisé de la réalité de la vérité de l'Être. Justement parce que, comme je dis tout le temps, le vice est source de plaisir ; c'est pas à travers des figurines de Noël et le marché de Noël de Strasbourg qu'on va réussir à s'éveiller. Le délire est pas du tout comme ça. Et si on réfléchit aux choses, faut vraiment être con pour penser ça. C'est vraiment un art de débile de penser que le marché de Noël c'est ce qui va faire avancer le monde. Même si je trouve ça super cool attention ! En plus moi perso, j'y vais au marché de Noël de Strasbourg. Mais n'empêche que quand j'y vais, mes conclusions c'est : c'est pas ça qui fait avancer le monde.

PACADIS. – Du coup ton prêche à toi c'est la partouze.

SÉBASTIEN. – Ah ! Ça ça fait avancer le monde ! Parce que là ça libère, là tout d'un coup, c'est la relation entre l'intellect et l'animal, là c'est bon ; parce que c'est bon de se sentir comme un animal. Après je pourrais faire de la chasse, mais j'aime pas tuer les animaux... bon j'aime bien abattre les arbres etc., mais n'empêche que tuer un animal c'est chiant. Par contre baiser une meuf c'est pas chiant. Là t'es un animal quand même ; il faut pas oublier d'être un animal, parce que ce qui me fait mal quand je vois le monde qui m'entoure, c'est ce que je dis souvent et je suis désolé pour eux, mais les vendeurs de chez Darty quand tu te pointes là-bas, ils sont obligés de se saper avec les mêmes costards pourris, genre ceux de la RATP ou je sais pas quoi, hyper mal coupés ; la moindre des choses déjà, si on respecte les employés, c'est qu'on leur fasse un beau costard. Ils les font à des milliers et des milliers d'exemplaires, autant que la coupe soit bonne. Après il y a cet espèce de – c'est de ça que j'ai envie de parler – cet espèce de faux-sérieux : « Ah mais, vous savez que celui-là marche très bien. Ah, mais heu » cette fausse politesse, ce faux sérieux ça me fait vomir. C'est vraiment le poison de l'humanité d'aujourd'hui. C'est-à-dire faire semblant d'être un mec « Ouais j'ai bien compris ce que vous dites », alors que personne ne se comprend. Moi un mec me parle de poissonnerie je comprends rien, Darty je rentre il me parle de son truc je comprends rien, j'en ai rien à foutre, enfin voilà ; il faut pas faire semblant d'être un connaisseur. On en a rien à foutre de tout ça. Justement il faut reprendre sa vie normale, sa vie de golio, sa vie d'animal c'est ça qui est important ; personne n'est intelligent, on est tous des cons, même quand on voit des grands scientifiques s'exprimer à la télé, ils parlent très bien de science, après tu leur parles de cravate mais laisse tomber, le mec il y connait rien. Tu dis : c'est quoi les bonnes adresses alors pour trouver des chaussettes ? Ben le mec il va te dire : Auchan.

PACADIS. – On dit que t'es un génie, t'en penses quoi ?

SÉBASTIEN. – Déjà le véritable but d'un artiste c'est de toucher à la Beauté. C'est la première phase. C'est les vingt premières années de l'artiste, essayer d'être Beau. Puis après, une fois qu'on l'a touchée, par exemple moi je l'avais touchée à *La Ritournelle*, une oeuvre heu... je veux dire elle vaut ce qu'elle vaut, mais n'empêche que les gens l'ont trouvée vraiment belle, c'est la musique qui accompagne des enterrements, des mariages, des baptêmes, qui accompagne des séances love, c'est une chanson importante pour plein de gens. Et c'est une vraie belle chanson dans le sens où c'est une chanson qui en a rien à foutre de rien, mais qui est une véritable chanson d'amour. Tout à coup, l'amour explose tous les murs. On en a rien à foutre de la structure, rien à foutre des refrains, l'amour plus fort que tout. Donc tu vois, c'est un message quand même assez fort. Quand on touche à la Beauté, le stade d'après c'est de démolir la Beauté. Tous ces pauvres cons pensent que la classe c'est d'avoir un sac en cuir un peu usé, pensent que la classe c'est un truc qui est tanné par le temps, mais tout ça c'est de la merde. Les vrais mecs qui ont compris, il y a Depardieu, des mecs comme ça. À un moment tu fais les plus grands films, et après tu fais des films pourris pour dégueulasser ce que t'as fait avant parce que la seule étape suivante c'est ça. Tu vas pas encore essayer de faire plus de fleurs, plus d'arbres, plus de « joli ». Le véritable artiste il veut continuer, continuer, continuer et une fois que t'as touché à la Beauté, il faut salir la Beauté. Sur cet album les mecs sont divisés : certains disent qu'on dirait « Dave », et d'autres disent « c'est génial, on dirait une compo des Pink Floyd ».

PACADIS. – Comment tu fais tes albums ? Parce qu'on dirait que tu réfléchis beaucoup, j'aimerais pas habiter dans ta tête. Ça doit vraiment être un bordel sans nom.

SÉBASTIEN. – C'est pas une question de musique, ni une question d'art. C'est une question aussi de... quand on fréquente des gens, moi j'aime bien les gens qui se remettent en question. Moi ça me fait chier un mec qui est sûr de lui, qui est là au resto à parler au serveur comme une merde, et qui est posé sur ses certitudes. Non. Moi j'aime bien être avec des mecs qui disent : « Voilà, ce que j'ai fait avant je l'ai fait parce que sur le moment je le sentais, mais n'empêche qu'il faut que j'avance ». J'aime bien les gens qui ont honte d'eux, qui analysent leur passé avec une distance ; j'aime bien les gens qui savent se voir comme si eux, c'était pas eux. Et donc moi c'est ça que je fais. Et j'essaie d'être comme j'aimerais qu'on soit autour de moi. Pour moi c'est normal de se détester ; c'est pareil, la détestation de soi, alors qu'on est en plein délire genre « il faut s'accepter », « t'as le droit d'être gros c'est génial ». Moi j'aime bien les grosses parce que je trouve les courbes géniales et, tout ça c'est de la connerie. Ce qu'il faut pour accéder au bonheur c'est à un moment se dire « Non je suis pas bien, il faut que je sois mieux ». Et ça c'est hyper important. C'est ce que proposent tous les artistes. C'est ça le message général de l'Art. Alors on peut prendre Picasso, on peut prendre Yves Saint-Laurent, on peut prendre Dali ; on peut prendre tous les mecs qu'on trouve déments maintenant mais, c'est ça le message à chaque fois. Faudrait que ça soit mieux, malgré ce qu'on a. Et moi j'aime être entouré de gens qui disent « On aimerait que ça soit mieux » c'est tout. Moi les mecs qui aiment le passé j'en ai rien à foutre, j'ai envie d'être entouré de gens qui aiment le futur, alors j'essaie d'être ça aussi.

PACADIS. – Donc on attend ton prochain album. Je suppose que tu vas aller plus loin encore.

SÉBASTIEN. – Ouais il va être génial ; franchement, je pense que je vais tout tabasser, les mecs vont être explosés. Technique de la terre brûlée.

PACADIS. – Tu penses que ça va encore être de la musique électronique ?

SÉBASTIEN. – J'aime bien la musique électronique, mais c'est pareil ; il y a musique électronique et musique électronique. Ma musique tu l'entendras jamais en boîte de nuit, c'est pas fait pour ça. Les gens vont pas lever les bras et gueuler « Ouais c'est génial Tellier », devant un DJ qui n'est pas capable d'enchaîner deux morceaux de musique. Non. No way. Moi ce que je propose, parce que je suis aussi un peu mon propre publicitaire, c'est une sorte de méditation électronique. On est dans un monde où même ton micro-onde fonctionne avec une télécommande, je sais pas si tu vois le délire. Alors la musique, c'est un des premiers trucs auquel se sont attaqués les ordinateurs. Les synthétiseurs sont sûrement la plus belle invention du siècle, avec le bikini bien sûr, mais voilà, ils sont là, il faut s'en servir et il faut explorer ça au nom de l'Art. Parce que c'est le futur. Après, moi je viens du classique, donc je ferai sûrement un jour un album purement instrumental, avec un orchestre et tout ça. J'en sais rien, je me laisse porter par la vague.

PACADIS. – Merci beaucoup pour ton temps si précieux et tes paroles, à chaque fois profondes.

Chapitre 23

Post-Tellier

On a continué à discuter encore un peu, en dehors de l'interview. Claude a pris beaucoup de photos pour être sûr d'en ramener quelques unes d'utilisables pour mettre l'article en forme. Comme nous avions tous les deux deux grosses paires de lunettes, il y avait beaucoup de reflets au déclenchement du flash. Sébastien disait : « C'est bien, les gens verront un peu les étoiles ! Ils comprendront de quoi on parle ! ». C'est vrai, il n'avait pas tort. Qui levait encore la tête pour regarder le ciel, en pleine nuit ? Moi-même, ça faisait longtemps. Ma vision, quand elle se détachait difficilement des trottoirs poisseux, ne dépassait pas la hauteur des réverbères. Je ne savais pas pourquoi. Quelque chose s'éteignait, au fond, tout au fond, tout doucement. Au fond de l'être, il doit y avoir une sorte de caverne, où un petit bonhomme en costume de soldat entretient difficilement un feu de bois, fragile et instable. Je sentais de moins en moins cette chaleur, et de moins en moins les mouvements de ce petit bonhomme.

Les lumières jaunes de la ville Les hautes lumières Ce phare dans une nuit sans fond (Ni plafond) Le parquet sec craque et se plie L'escalier mène difficilement en hauteur Comme une montagne que l'on regarde s'éloigner (Alors que putain, on va vers elle, obstiné) Finalement devant la porte de la nuit Je frapperai pour voir qui se trouve derrière Et quand la porte sera enfin ouverte Il sera déjà l'heure de la nouvelle aurore À moins que le soleil n'ait renoncé à se lever

Après l'interview, le taxi m'emmène directement au Palace. L'endroit attire toujours autant de monde. La particularité de l'endroit reposait aussi sur une femme, Farida, qui était la physionomiste en chef du club. C'était vers elle que, chaque soir, convergeaient des milliers de paires d'yeux, avec l'espoir de ne pas passer inaperçues. Tous les jeunes pensaient qu'il suffisait de bien s'habiller pour passer les portes ; certains essayaient même de secouer des billets de banque, en pensant que cela leur ouvrirait les portes du sésame nocturne. Le paradis ne s'achète pas, et Farida le sait très bien. Elle prend son temps, scrute la foule et sait choisir les chanceux. C'est une responsabilité que je n'aurais pas aimé avoir ; accorder ou refuser l'entrée, permettre ou interdire le passage dans un lieu de rêve comme celui-là. La charge est trop lourde. Alors, quand la foule hurle, crie, pleure, interpelle, moi je prends l'entrée des artistes. Farida me fait passer sur le côté, et quelques bises plus tard, je rejoins ma table et me prépare à prendre des notes sur la soirée.

NIGHTDRUGING

Slowdeath

19 mars

*** « *La nuit est tombée lentement*

J'avais hâte qu'elle vienne cette poupée

Pour enfin exister

Affirmer le moi

De mon double préféré

Celui qui est le plus cynik, celui qui peut sentir fondre sur lui les catastrophes les plus effroyables en affichant un sourire factice made in China. La nuit, je me mets à rire : personne ne peut savoir qu'au fond de je suis malheureux. J'enfile le costume (toujours un costume, c'est comme ça que font les personnages) de la distance et de la superficialité pour devenir une citadelle d'orgueil et de vanité, pourtant il suffirait de donner un coup de boutoir dans la muraille de la forteresse pour qu'elle s'écroule en ruine. Les plus puissants empires du monde sont aussi les plus faibles : Babylone, Rome se sont effondrées, défaites par des envahisseurs moins civilisés qu'elles.

Alors, j'erre dans les rues vides, je vois un néon clignotant, j'arrive dans un night-club où la sono déverse généreusement des flots d'ondes sonores bon marché qui charment mes tympans. Et quand je mets la main devant les yeux en disant « La lumière est trop forte », c'est pour qu'on ne me voit pas pleurer.

Je suis sorti, j'ai vu des gens bizarres, petits ou grands, beaux ou laids, mais chez tous j'ai été frappé par une chose : la méchanceté. Ils sont prêts à tout, n'hésitant pas à faire un croche-pied à leur meilleur ami pour gravir un échelon : tout cela me dégoûte, je les hais, je leur parle, leur fais des sourires mais mon cœur n'est plus habité que par la haine. Mais il faut paraître, afficher un masque affable et doux, et cela mon double s'en charge très bien, ce n'est qu'un robot que je téléguide, moi je suis ailleurs, dans mes pays imaginaires... enfermé dans un temple olympien, où j'écoute rire tous les dieux, parfois même je ris avec eux. Je bois du bon vin. Ah, au fait, la semaine dernière, je me tenais en équilibre, je suis finalement tombé et la chute dans l'abîme n'est pas si désagréable que ça, on y rencontre des fantômes surgis directement du passé, il y a ma mère à qui je ferme les yeux, un petit garçon triste que ses camarades envient parce qu'il est toujours le premier de la classe et ils le battent et se moquent... Et la musique, toujours. Le rythme de la musique. Ça aurait pu être moi, ou peut-être toi, qui sait. Et puis je me suis endormi et j'ai rêvé que j'avais eu de multiples activités cette semaine, mais tout cela n'était qu'un rêve... »

L'entrée de la boite était encombrée. Une file interminable. Comme chaque soir, ou presque. Farida a pas mal de boulot ce soir, et l'autre file, celle que j'emprunte d'habitude pour passer devant tout le monde, la populace non-privilégiée, était fermée. Cette populace était d'ailleurs d'une jeunesse remarquable ; complètement débridée et prête à en découdre avec le fun. Les gens crient, rient, font déjà la fête, sont impatients. C'est complètement fou de voir ce que Fabrice a réussi à créer avec cet endroit, cette sorte d'attente pour l'incertitude. Chaque soir est un spectacle, et tout le monde veut y assister pour pouvoir dire « J'y étais ! ». Y être. S'y trouver. Avoir les deux pieds vissés sur le plancher et regarder la scène attentivement. C'était ça, le Palace. C'était un spectacle même quand il n'y en avait pas (même si je dois préciser que je ne me suis jamais ennuyé là-bas) : il y a toujours quelqu'un à remarquer, quelqu'un à critiquer. Une personnalité hétéro que l'on voit en train d'embrasser une personne du même sexe : il n'y aura pas de photos mais cela se retrouvera sur mon carnet. Je verrai plus tard si je le mets dans mes chroniques. Les gens vivent débridés, ici, et c'est cette ambiance qui attire du monde. Selon l'expression : « Tout ce qui se passe au Palace, reste au Palace ». Ce n'est qu'à moitié vrai, car tant que je serai là, rien ne sera oublié. Je suis la mémoire du lieu, la mémoire du Palace. En tous cas, c'est comme ça que je gagne ma vie.

Finalement, après une relativement longue attente, nous voilà dans le Palace. J'étais avec Dina ce soir-là. Nous étions rarement ensemble dans cette boîte. Elle disait que c'était trop straight, trop mainstream. Elle préférait les vraies boîtes homos, revendiquées, où tout le monde échange sa langue avec tout le monde. Moi je n'étais pas à l'aise ; tout le monde la connaissait, l'embrassait, et j'avais l'impression de ne pas exister dans ces lieux-là. Personne ne s'occupait de moi là-bas, et certains même se moquaient de Dina. Parce qu'elle était avec moi. Alors j'ai fui, j'étais malheureux. Dans cette ambiance trop sombre, j'ai versé quelques larmes, et j'ai décidé de ne plus jamais y remettre les pieds. Une promesse à tenir, vis-à-vis de moi-même.

Ce soir, le Palace était vivant, malgré l'heure (il était encore tôt, aux alentours de minuit). Il y avait, comme toujours, des groupes dispersés çà et là, tandis que nous rejoignons notre table habituelle. Beaucoup de monde me salue, je me sens bien, chez moi. Non pas comme chez moi, mais chez moi. J'ai cette sensation que partout où je me trouve, je peux être chez moi si les gens qui m'accompagnent me le font ressentir. Je peux être chez moi partout, sauf dans la maison de mes parents, là où j'ai pourtant vécu depuis ma naissance. Parce qu'il n'y a plus personne. Enfin je pense. Je ne sais pas. Ici on me salue, on me fait la bise, on me demande comment ça va et ce que je vais dire. On me dit aussi qu'on a bien aimé mes articles.

Mon siège en velours rouge m'attend. Je m'assoie comme un roi sans sa couronne. Je gratte le siège, pour voir si les brûlures de cigarettes s'y trouvent toujours ; c'est le cas. Une fois en position, j'admire l'assemblée et je scrute le détail. Dina était en train de danser avec quelques copines de Pigalle. Le groupe dénote un peu dans ce tableau nocturne, mais elles mettent l'ambiance. Dans cette foule, je remarque quelques têtes connues, parmi lesquelles Ardisson (avec qui j'échange quelques mots avant qu'il ne reparte ; lui aussi a une table réservée) ; il me propose une émission, mais je décline poliment. Je ne regarde jamais la télé, pourquoi j'irai à l'intérieur ? Après quelques courtoisies, il monte tranquillement rejoindre sa table, au-dessus de nous. Arrive un homme, qui surgit de cette masse hétérogène, avec un costume blanc, immaculé, qui marche lentement au milieu de la piste. Il prend soin de ne bousculer personne, mais progresse avec assurance. Tout semblait se ralentir autour de lui, et ne dépendre que de son rythme à lui. C'est d'ailleurs une réflexion liée à la musique électronique. Ça rend tout « beau ». Car depuis que ce sont des ordinateurs qui font la musique, celle-ci s'inspire du rythme humain et si vous écoutez bien, attentivement, vous verrez très vite qu'il y a une sorte de cadence qui se crée entre la musique et les pas, entre le robot et l'humain, qui finit par faire fusionner les deux espèces. Et c'est ce moment-là, précis, qu'on appelle la danse. Qui aurait cru qu'un jour, la musique ne serait plus organique, mais que les machines allaient nous faire danser. Tout ça pour dire que c'était un beau mec, qui dansait plutôt bien ; avec la musique et l'ambiance et tout, ça m'a fait passer un bon moment.

La lumière des spots passait parfois sur moi, par hasard, et m'éclairait furtivement. De nombreux flashs blancs me frappaient, tout au long de la soirée, comme autant de soleils. J'avais des galaxies plein les yeux, et jusqu'à l'éblouissement, je me laissais transporter par ce rythme visuel enivrant – le whisky se chargeait d'apporter un peu plus de poésie à mes mots, difficilement griffonnés sur mon carnet relié en cuir. J'en profitais aussi pour me rendre compte de mon état, de mon propre état physique et vestimentaire : mon beau costume (jadis) beige tirait la gueule, il avait certainement subi trop de lavages (à certains endroits, il était un peu râpeux, surtout au niveau des coudes), mes santiags aussi avaient l'air d'être usées plus que de raison, depuis le temps qu'elles me trainent un peu partout dans cette ville. Je devrais leur offrir un repos bien mérité. Mais pas tout de suite. Je venais d'entendre un morceau que j'aimais beaucoup, et il était temps de rejoindre Dina pour aller danser un peu. Cela faisait des années maintenant que je ne dansais plus sur de la musique punk, mais de temps en temps, je me laissais aller à quelques tentatives sur de la musique qu'on appelle *house*. Nous avons la chance d'être à Paris et d'entendre l'une des meilleures musiques du monde. Alors, c'est le moment d'en profiter.

Chapitre 24

ITW Serge G.

Deuxième grosse interview de ma (déjà !) longue carrière : Serge Gainsbourg. J'avais pu le croiser un bon nombre de fois au Palace et dans d'autres lieux plus ou moins branchés de la capitale. Contrairement à tout le monde, je le voyais plus comme une connaissance – pas encore ami, mais moins comme un artiste : pourtant, j'étais à son concert du Zénith. Et je me suis éclaté. Je crois même que j'ai pleuré durant toute la route, dans le taxi, en rentrant chez moi. C'était beau, parce que lui aussi était beau, touchant. Gainsbourg c'était un mec que vous vouliez prendre dans vos bras, tout le temps. Une fois, je l'ai même vu faire le tour du quartier avec les éboueurs, en peignoir et chaussons, de bon matin. Tout le monde racontait ça, mais c'était vrai ; j'ai laissé courir la légende, sans jamais l'écrire dans un journal. Il y a des choses que je dois garder pour moi, et que le monde doit garder pour lui. Ce qui est poétique ne doit pas toujours être mis en cage ; il faut laisser un peu de sauvagerie à la beauté. Même si c'est mon métier, je ne peux pas me retenir de regarder la magie sans chercher à la capturer.

« Un mercredi, le vingt-trois d'un des douze mois de l'année. En fait, j'ai rendez-vous avec Serge parce qu'il fait la couverture du journal le mois suivant. Claude est avec moi, toujours pour le côté photo. Lui, il est super excité de voir la *star*. On dirait un gosse. Gainsbourg nous reçoit dans son appartement, dont les murs sont laqués en noir, des trucs traînent un peu partout, et un magnifique Steinway à queue au milieu du salon – d'ailleurs il joue quelques notes, qui partent rebondir contre tous les murs de la maison. Un orgue électrique au fond, contre le mur, un synthé, une lampe psychédélique jaune flou, un bandit-manchot, des animaux empaillés ; tout ce qu'on doit trouver dans l'appartement d'un homme du monde. Même Nana, un bull-terrier imposant est de la party ; elle se met en boule et se cloue sur mes genoux. Me voilà prêt à une bonne interview.

PACADIS. – T'as une boîte là, posée sur ta table basse ; il y a quoi dedans ?

SERGE. – C'est une belle table basse coco, tu devrais t'arrêter sur ça plutôt. Jane m'a fait un cinéma pour acheter cette table. Je l'ai rachetée à la fin d'un tournage pour lui faire plaisir, mais je la trouve dégueux. Elle est juste belle parce qu'elle a une histoire, tu vois, mais sinon, elle est moche.

PACADIS. – T'aurais pu dire non, un des pieds est abîmé en plus. On dirait que quelqu'un l'a cogné contre un mur.

SERGE. – Coco, personne ne peut dire non à Jane. C'est moi qui l'ai cognée en la rentrant dans la baraque. Elle est tellement lourde que j'étais à deux doigts de claquer rien qu'à la porter jusqu'ici. Maintenant elle est là, la patronne est contente, et moi j'essaie de pas la calculer en posant des trucs dessus.

PACADIS. – Bon alors, dans ta boîte tu caches quoi ?

SERGE. – C'est une seringue hypodermique qu'on filait aux officiers pendant la guerre de 14-18.

PACADIS. – Le boîtier en argent est très joli...

SERGE. *(à son chien)* – Nana viens ici... Là je t'ai dit... Non là.

PACADIS. – Bon alors, de quoi on pourrait parler tous les deux ? Ah, ton dernier disque !

SERGE. – J'en sais rien moi, je m'en fous. C'est déjà fini ça pour moi.

PACADIS. – Ton dernier disque, *L'Homme à la tête de chou*, est vraiment pas mal. Un peu en dehors de ce qui se fait d'habitude.

SERGE. – *(rires)*. Peut-être.

PACADIS. – Je crois que c'est ce qu'on appelle un « concept-album ». Tu choisis un thème, une figure centrale, et tu la poursuis jusqu'au bout du disque. En fait, c'est comme une métaphore filée musicale.

SERGE. – Ouais. T'es un poète toi. Un poète en cuir, mais un poète. Mes trois derniers disques étaient comme ça aussi. C'est une autre manière de travailler. J'aime bien. Enfin, ça me convient bien.

PACADIS. – Tu commences par composer la musique, ou écrire les textes ?

SERGE. – Ça dépend. J'aime pas prendre mon temps, je fais tout à la dernière minute en général... Je bâcle. Et comme j'ai beaucoup de technique, ça ne se voit pas forcément.

PACADIS. – *Melody Nelson* et *L'Homme à la tête de chou*, tes deux derniers concepts, ce sont des histoires vraies ?

SERGE. – Non, j'invente.

PACADIS. – Tu crées des personnages et des histoires.

SERGE. – Ce sont toujours les mêmes personnages : un vieux con libidineux et une petite salope naïve. Il la baise et puis il se fait baiser. À la fin tout rentre dans l'ordre en quelque sorte.

PACADIS. – T'as fait du cinéma aussi ; alors tu préfères t'exprimer par le cinéma ou en sortant un disque ?

SERGE. – Dans un film, c'est plus fort, plus complet, c'est une vision totale de la vie. Le cinéma est quand même un art majeur, mais lui aussi périssable. À part la roche, tout est périssable de toute façon. Cinéma ou pas, il faut raconter des histoires.

PACADIS. – Comment tu as choisi les acteurs pour *Je t'aime, moi non plus* ?

SERGE. – Pour Jane, ça me semblait évident. Enfin, je me suis pas posé la question ; c'est elle, c'est tout. Pour Joe Dalessandre, je me suis fait projeter des bouts de *Flesh et Trash*, et il m'a emballé. Il est bon ce gars. Un bon petit mec.

PACADIS. – T'avais jamais rien vu de lui avant ça ?

SERGE. – Non. Au début, il voulait pas du rôle. Il m'a dit « Ah, c'est encore une histoire de pédé... ». Une semaine après, il a lu le scénario et il m'a dit que c'était bon.

PACADIS. – Son passé d'acteur « *underground* » ne t'a pas rebuté ?

SERGE. – Non, au contraire.

PACADIS. – L'action se passe aux États-Unis...

SERGE. – Oui. Une espèce d'Amérique onirique, figée dans les fifties. Chacun a ses périodes dorées. Peut-être que des mecs envieront notre époque plus tard. Ça m'a coûté 400 briques cette histoire.

PACADIS. – Dans tes paroles de chansons, il y a beaucoup de mots anglais, comment ça se fait ?

SERGE. – Ça balance mieux que le français. Et puis c'est plus facile d'être bon en anglais.

PACADIS. – Oui mais tu alternes les deux langues. Tu pourrais faire des textes uniquement en anglais non ?

SERGE. – Ouais, mais je ne suis pas assez fort. Le seul essai que j'ai fait, c'est Smoke gets in your eyes, et je me suis complètement ramassé. Je l'ai chanté parce que c'était la chanson préférée d'Eva Braum, la femme d'Hitler. It's a private joke *(rires)*.

PACADIS. – Ton disque précédent, *Rock around the bunker*, était centré autour du nazisme qui est un thème qu'affectionnent également les punks. Comment tu te situes par rapport à ce trip ? C'est bizarre venant de toi non ?

SERGE. – Je pense que c'est assez explicite. Moi, j'ai vécu à l'intérieur de cette période. J'avais une étoile de shérif quand j'étais gamin. Tu sais, une étoile jaune, accrochée à la veste. Alors ma position est nette. Je vois pas comment on pourrait me faire chier là-dessus.

PACADIS. – Pourtant tu parles de tes bourreaux avec une certaine sympathie.

SERGE. – Sympathie ? Comment sympathie ? C'est tous des travelos...

PACADIS. – Tu vois ! Je savais que tu les idéalisais.

SERGE. – *(rires)* Oui si tu veux, on peut aussi le prendre comme ça. Dans Rock around the bunker, j'ai utilisé la dérision, comme toujours.

PACADIS. – C'est ton disque le plus rock ?

SERGE. – C'est quoi le rock au fond ? Je ne suis pas un rocker moi. J'ai pris ce style comme un support dynamique, agressif, et je l'ai abandonné immédiatement après ce disque.

PACADIS. – Qu'est-ce que tu fais en ce moment ?

SERGE. – J'écris un bouquin, et je dois faire un autre film.

PACADIS. – Ce sera ton premier livre ?

173

SERGE. – Oui, publié à la N.R.F.

PACADIS. – C'est une très bonne marque, félicitations !

SERGE. – Ouais, c'est assez côté il paraît. J'adore les bonnes marques. C'est comme ma Rolls, le sigle, on ne peut pas faire mieux. Les deux « R » sont rouges, car à cette époque, ni Rolls ni Royce n'étaient morts, alors le sigle était rouge. Maintenant, il est noir... Le deuil. C'est très rare.

PACADIS. – Ton livre, c'est un roman ?

SERGE. – Une espèce de conte philosophique. Mais je crois que ça va me prendre des années.

PACADIS. – Quels groupes aimes-tu dans le rock ?

SERGE. – *(il montre une série de cassettes bien rangées dans une mallette Louis Vuitton)* : Chuck Berry, les Stones, Elvis Presley, David Bowie, etc.

PACADIS. – Et Lou Reed ?

SERGE. – Je n'en ai pas ici.

PACADIS. – Tu le cites pourtant dans *L'homme à la tête de chou*. Pourquoi ?

SERGE. – Parce que ça me fait une rime. Mary-LOU et LOU-Reed. Tu vois ?

PACADIS. – Berlin de Lou Reed, c'est l'histoire d'une fille, Caroline, à qui il arrive plein d'aventures comme à Melody ou Mary Lou, et, comme elles, Caroline meurt à la fin du disque. Toi aussi, tu tues toutes tes héroïnes.

SERGE. – Ouais. C'est pour que l'amour reste intact. Deux personnes s'aiment, elles se quittent un jour pour une raison quelconque, c'est une histoire gâchée, et à la fin, l'un des deux finira par oublier l'autre. Deux personnes s'aiment, l'une des deux meure, l'histoire dure éternellement. Marilyn Monroe, elle restera belle éternellement.

PACADIS. – Tu penses quoi du sexe ?

SERGE. – Le sexe, c'est une plaie ! Plutôt une blessure. Quand au sexe masculin, il faudrait redessiner tout ça... Remodeler.

PACADIS. – Tu veux faire des mutants.

SERGE. – On va en arriver bientôt aux greffes d'organes, comme ça il n'y aura plus ces problèmes de centimètres en plus ou en moins.

PACADIS. – Par sexe, j'entendais plutôt « jouissance ». Qu'est-ce que tu penses de la drogue ?

SERGE. – Moi, j'ai pas besoin de ce genre de conneries.

PACADIS. – Mais d'autres en ont besoin.

SERGE. – C'est leur problème, pas le mien.

PACADIS. – Qu'est-ce que tu penses du scandale ? Certains artistes comme les Sex Pistols, ou Madonna, ne vivent que par le scandale.

SERGE. – Il y a des amateurs de scandale. Moi aussi, j'aime l'agression. Le monde nous agresse, alors agressons-le nous aussi.

PACADIS. – Ton chien est vraiment très bizarre.

SERGE. – Il est mal dessiné.

PACADIS. – C'est une race spéciale ?

SERGE. – Non, c'est un bull-terrier. Quand je le perds, je demande aux voisins : « Vous n'auriez pas vu un cochon blanc ? » On me le retrouve toujours.

PACADIS. – Et ils sont tous comme ça, les bull-terriers, avec les yeux brodés de rose et une bosse sur le front ?

SERGE. – Non. Celui-là est anglais. C'est : « Nana ».

PACADIS. – On dirait vraiment un cochon. Les cochons sont les animaux qui ressemblent le plus aux êtres humains. Dans un abattoir où on égorge les cochons on a vraiment l'impression qu'il y a des hommes suspendus par les pieds. Amanda Lear m'a dit qu'un jour, elle tournait un film avec David Bailey dans un abattoir à cochon et elle a complètement flippé : les cris, le sang, la chair rose. Elle ne mange plus de viande depuis ! Et Jane va faire un nouveau disque ?

SERGE. – Oui, son prochain 33 tours sera également un concept-album. J'ai déjà le titre : *Apocalipstick*.

PACADIS. – The lipstick that sticks.

SERGE. – Oui c'est ça, avec un gros baiser sur la pochette. Quand je n'ai pas de titre, je ne peux pas travailler. Mon prochain disque sera très suicidaire. Des gens vont se suicider avec Sombre dimanche. Je voudrais arriver à ça avec mon prochain disque.

Jane Birkin entre avec ses deux petites filles dans les bras. Serge détourne la tête. Elle traverse la pièce, salue les gens qui se trouvent dans son salon, puis monte dans la chambre au premier. Elle redescend.

Jane. – Le chat a pissé sur le canapé en haut.

PACADIS. – Tu as aussi un chat ?

SERGE. – Oui, j'ai été il y a quelques jours faire un film là où on abat les animaux abandonnés, où on tue les chats. Il y a des marques de griffes sanglantes contre les murs. Ce chat, je n'ai pas osé le laisser abattre et je l'ai pris avec moi pour le protéger.

Après l'interview, Serge, le photographe et moi, on discute

pour décider de ce qu'on va faire avec les photos. Personne n'a vraiment d'idée. Avec Jane, ou le chien peut-être. Ou le piano. On fait quelques essais, on est là depuis environ deux heures ; Serge est fatigué, son cendrier se rempli rapidement. Il a cette manie de tenir son paquet de cigarettes dans sa main gauche, avec un briquet. Il fume énormément. La fumée envahi le rez-de-chaussée de l'appartement, on n'y voit de moins en moins. Finalement, on décide de se revoir plus tard pour boucler les photos. On finira bien par donner une belle image à cette rencontre. En partant il me dit : « La prochaine fois, c'est moi qui fait ton interview, Coco ! » Rendez-vous est donc pris. »

Chapitre 25

Rencontre en ville

Les gens me prennent toujours pour un spécialiste de musique ; mais je ne suis pas que ça. J'essaie de me définir par d'autres choses, de varier les plaisirs car le plaisir est un feu qui brûle en différents foyers. Alors, je vais aussi au cinéma, au théâtre, voir les défilés de mode. Je ne sais pas si tout ça m'intéresse, mais je prends ce qu'il y a à prendre ; je dois prendre tout cela pour mieux pouvoir l'amener à mes lecteurs. J'aime beaucoup croiser les gens de ce milieu, d'abord parce que j'en fais partie, et que d'une certaine façon, la nuit est une grande famille. Des connaissances, des camarades (qu'est-ce qu'un ami ?), des proches. Enfin, des « réguliers ». Ce doit être pour ça qu'on a l'impression de se connaître autant. Quand on passe son temps à boire avec quelqu'un, ça noue beaucoup de liens. Des liens humides, de solitudes, de solitaires même ; des hommes seuls cloîtrés dans la même rame de métro – ils vont ensemble, mais ne sont pas ensemble. Par ce même métro je file au théâtre, là où m'attend une pièce nouvelle, d'un auteur que je ne connais pas. Il a assez bonne réputation, bien que discrète. On verra bien, comme toujours.

La pièce s'appelle *Dans la solitude des champs de coton*. Comme c'était la première, je n'étais au courant de rien. J'avais dans les mains un texte du programme qui ne disait pas grand chose non plus : « Il s'agit de la rencontre nocturne de deux personnes, un dealer et un client, qui débattent sur le désir, ce fameux désir qui nous anime tous et que nous ne contrôlons pas ». Au début, je pensais que c'était une pièce sur les blacks aux États-Unis, et que ça traitait de la création du blues. Apparemment, on en était très loin. La scène était nue, vide, abandonnée ; on se serait cru en pleine soirée d'errance à la recherche d'un mec capable de nous vendre des petits sachets de drogue. J'étais impatient. Je ne savais pas quel monde j'étais sur le point de découvrir.

Un homme vient sur la scène, se déplace comme dans la rue. Il vient se placer, stratégiquement, dans une sorte de danse quasiment tribale, on ne sait pas s'il erre ou s'il est conscient de ses pas, lucide de ce qu'il fait. Il se pose et s'installe à un endroit, qu'il définit comme son territoire. Sur le mur, avant qu'il entre, il était écrit quelque chose qui définissait le deal : « Un deal est une transaction illicite, qui s'effectue à la tombée de la nuit, etc. ». Enfin un truc comme ça. Du coup, on comprend que c'est le dealer. Et il commence à parler. Un long monologue, très long, qui s'étend et qui résonne dans la nuit pendant qu'un deuxième personnage vient se placer près de lui, l'écouter (ou pas, on ne sait pas). Ça parle de désir, enfin, et à aucun moment on cause de drogue ; le dealer propose bien un truc, sinon ça serait pas un dealer ? Et qu'est-ce qu'il veut ce putain de client au fond ? En y regardant de plus près, et vu la façon dont ils se tournent autour, je crois savoir. C'est une danse de l'amour, le désir est celui de la rencontre, la parole est un prétexte, parce qu'un silence répond à un autre silence, je connais ça, je l'ai déjà vécu, moi aussi, putain cet auteur a tout compris. C'est ça l'amour. C'est vraiment la merde – Dina m'a laissé tomber ce soir, je sais pas où elle est, on se voit de moins en moins.

Plus la pièce avance, moins les frontières sont marquées entre les deux. On est dans un rapport variable, où chacun prend le dessus sur l'autre à tour de rôle, pour le dominer, avec toute l'animalité que cela implique. À un moment donné, le client dit un truc pas mal : « on meurt d'abord ; puis on cherche sa mort, et on la trouve finalement, un soir, à un coin de rue » (c'est approximatif, mais ça sonne bien). Il n'y a rien de plus vrai que cette phrase. Rien. Elle m'a beaucoup touché, parce qu'elle résonne fort et que, c'est un peu ma vie à moi aussi. J'avais l'impression que l'auteur était comme moi, un voisin. La pièce se termine après une heure et demie de longs dialogues acharnés, comme des monologues lancés à la figure de l'autre. Deux individualités se sont affrontées, la fin laisse supposer un passage à l'acte, avec un basculement dans la violence physique. Dans cette salle de théâtre sombre, silencieuse, taillée sur mesure.

J'ai du mal à me lever de mon siège. Je suis comme sonné. Moi aussi, je le ressens de manière physique. J'en ai pris plein la gueule. D'habitude, le théâtre est un spectacle chiant, sans vie, et on récite sur un ton monotone du Corneille ou du Racine ; là on est dans la vie d'aujourd'hui, dans l'organique. L'auteur a frappé juste. Et je reste assis, malgré la foule qui s'en va petit à petit. Le lieu devient désert, et s'installe l'atmosphère silencieuse qui favorise les rencontres. Quand tout le monde est finalement parti, je me décide à me lever. Je remarque au premier rang un homme, avec une touffe de cheveux sur la tête, qui prend quelques notes et se lève avec un grand sourire. Radieux, solaire. Il a des faux-airs de Jim Morrison, et il est vraiment très beau. Je m'approche de lui pour l'accoster, il continue de sourire, ce qui me déstabilise un peu.

PACA. – Excuse-moi, je me disais qu'il n'y a qu'un auteur qui peut rester dans une salle vide, face au silence laissé par la fin de son œuvre. Ce doit être une sensation particulière. Et satisfaisante.

BMK. – Le silence était plus important pendant la pièce, je ne sais pas si tu l'as noté ; on parle, on parle, on parle beaucoup mais on s'écoute parler tout seul en réalité, se renvoyer les silences, c'est ça les vrais dialogues de théâtre. Qu'est-ce qu'on cherche à combler, quand on parle à ce point ? Quand on raconte tout un tas de choses ? Je ne le sais toujours pas, mais je le recherche – c'est mon travail, au fond – et je trouverai une réponse, un jour, peut-être. La seule chose véritable que je sais, c'est que les paroles cachent quelque chose. Le silence est d'une beauté trop fatale, car il déshabille.

PACA. – J'ai l'impression qu'on s'est déjà rencontrés, tu crois que c'est possible ?

BMK. – Je ne pense pas. Je sais qui tu es et ce que tu fais ; ton journal a méticuleusement démonté ma pièce précédente, *Combat de nègre et de chiens*, en disant qu'il s'agissant de quelque chose d'incompréhensible. Je ne suis jamais contre une critique lorsqu'il s'agit purement de théâtre ; on ne peut pas m'accuser d'utiliser ce langage, celui dont j'ai l'habitude, car c'est mon langage et cela a toujours été le mien. Ma pièce précédente a été mal reçue, mal comprise je pense : on en a fait une histoire de colonisation alors qu'il s'agissait d'une histoire d'amour et d'échanges ; en milieu inhabituel certes. On passe notre vie à échanger des choses : de l'argent aujourd'hui, des idées, des paroles. De l'amour. Une drogue comme les autres. C'est quoi le désir sinon d'aller chercher en l'autre, dans les profondeurs de la nuit, ce qui nous fait défaut ?

PACA. – Je vais lire ton texte, et tous les autres. Tu m'as convaincu. Tu travailles sur quoi en ce moment ? C'est quoi ta prochaine pièce ?

BMK. – Ma prochaine pièce est déjà en répétition. Il s'agit d'un endroit du monde, un hangar qui repose sur un quai désaffecté, dans lequel s'entremêlent des histoires de personnes différentes. C'est un lieu que je connais, que j'ai fréquenté quand j'étais à New-York. C'est sur le bord de l'Hudson River, je sais pas si tu connais. Il s'y passe des choses étranges. Les toxicos y viennent pour se droguer, les bandits pour régler leur compte. Le genre d'endroit peu fréquentable mais qui pourtant, est une belle métaphore du monde dans lequel nous vivons. Je m'intéresse beaucoup aux lieux, comme toi je pense. Je pourrais passer des vies à me demander ce qui s'est passé ici, dans mon appartement, dans mon bar favori, dans les quais de métro. C'est de là que naissent les histoires. C'est ça qui faut raconter. Il faut créer le mythe, en le prenant là où il est, c'est-à-dire un peu partout.

PACA. – Ça me plait. L'idée me plait, et elle ressemble beaucoup à ce que je fais. Je parle aussi des lieux et des gens et des histoires qui se créent. Toi, t'es un auteur, t'es dans la réalité des symboles ; moi je suis dans l'apparence solide du monde. Il y a un gouffre entre toi et moi.

Nous sortons tous les deux, et d'un pas lent, nous avançons sous les réverbères, dans cette nuit que nous connaissons si bien.

PACA. – Pourquoi la ville ? Je me pose la question. Qu'est-ce qu'on y trouve ?

BMK. – La ville est séduisante par sa verticalité : lève les yeux et regarde toutes ces lumières qui scintillent, plus encore qu'un millier d'étoiles, et qui sont autant de drames et d'histoires d'amour. Combien de vies se trouvent autour de nous, en ce moment ? Cette puissance du monde s'oppose pourtant à notre solitude : nous ne sommes que deux, ici, et nous allons ensemble mais nous ne sommes pas ensemble, à aucun moment lié. La ville nous offre la possibilité d'aller, avec quelqu'un. Et de rejoindre tranquillement notre appartement lumineux, isolé, au beau milieu d'une rue déserte.

(Nous sommes perdus. Mais à plusieurs. C'est rassurant. Il continue son chemin d'un côté, et moi de l'autre ; un carrefour nous sépare.)

PACA. – Je pars de ce côté.

BMK. – Et moi, je pars de l'autre côté.

PACA. – Je pensais pourtant que toutes les routes menaient au même endroit.

BMK. – Les proverbes sont de beaux menteurs. Il ne faut pas les écouter toujours.

Chapitre 26

L'homme qui tombe à pic

Un rêve, enfin je crois.

(Dina est à côté de moi, je ne l'ai pas entendue rentrer. Elle dort. Sur la table basse, deux seringues brillent, la pointe ensanglantée, le crime a déjà été perpétré. Je suis en sueur, je ne comprends pas pourquoi j'ai mes lunettes sur les yeux. Ma tête est sur le point d'exploser. Tout est flou.

Au bout du lit, un homme assis. Il me dit quelque chose, mon esprit me crie que je le connais, et tandis que ma mémoire fait défiler à toute allure tous les dossiers concernant les personnes rencontrées au cours de ma vie, je tombe d'un coup sur lui ; c'était dans le désert. Déjà ce même rêve. Il ne m'avait rien dit, à l'époque. C'était le Patron, le grand Patron ou un associé, quelqu'un de la partie ; celui à qui on devait rendre des comptes. Celui qui mise sur nous, au début, et qui nous attend à l'arrivée pour qu'on doive se justifier et lui montrer qu'on est un cheval gagnant.

Il est habillé de la même façon : un superbe costume noir, sous lequel, repassée, se trouve une chemise blanche immaculée. Contrairement à la première fois, je remarque qu'il porte quelques bagues, dont une chevalière avec des initiales gravées dessus. Plusieurs autres bagues à ses doigts, style rock. Je devine aussi un tatouage sur sa main droite qui remonte sur l'avant-bras, et part se cacher sous la veste. Quelque chose qui ressemble à un tatouage de motard. Sur les doigts de sa main gauche, sur chaque phalange, est écrite une lettre qui forme le mot «LIFE», de l'index à l'auriculaire. Sur son visage, toujours le même sourire, la même paire de lunettes noires opaque cache ses yeux. Il me regarde, prend le temps de me fixer longuement, me traverse tout entier. Le visage est pâle, son chapeau impeccable. Le temps s'est figé, je suis figé, incapable de faire le moindre mouvement. Il porte sa main droite à ses lunettes, puis les retire. Je découvre ses yeux : deux pièces de monnaie en argent, couleur lune, étincelantes. En détachant son regard de moi quelques secondes, il se lève et pose ses lunettes et son chapeau sur la commode en face de lui ; il jette un coup d'oeil à une photo qui représente mon père et ma mère. Il se retourne et ouvre sa mallette, avec un double « clac clac » très professionnel. Je ne sais pas ce qu'il veut, ni même si tout cela est vrai. J'ai peur, au fond de mon lit. Dina est à côté de moi, je ne sais pas depuis combien de temps elle est rentrée. Elle dort.

L'homme sort des papiers, beaucoup de papiers, des sortes de dossiers qui ont l'air d'avoir été préparés à l'avance. Il les dispose en piles, sur le lit, et me lance de temps en temps un regard, suivi d'un sourire plutôt tendre. Je n'avais jamais entendu parler d'un mec comme lui, qui surgit du fond de la nuit. Pourtant j'ai entendu des tas d'histoires sur des types louches, mais ils ressemblaient plutôt à des truands, des mecs qui règlent leurs comptes au fond des bars mal éclairés, dans un quartier profond. Il parait qu'il y en a plus que ce qu'on croit, des types qui disparaissent et qui se font tabasser. On m'a parlé d'une station-essence désaffectée, où on doit se rendre quand on doit l'argent à un type, et il nous attend là-bas, il est toujours là-bas – je ne sais pas comment il fait – jusqu'à ce qu'on vienne avec une valise qui contient la somme qu'on lui doit. Et seulement à ce moment-là on redevient tranquille. Il y a juste une fois, c'était un taxi qui me ramenait de boite qui me l'avait raconté, le type de la station-essence avait fait envoyé un mec habillé tout en noir, dans la nuit, pour récupérer de l'argent qu'on lui devait. J'ai dit que c'était normal, que c'était son argent ; et le taxi m'a raconté qu'on ne l'avait plus jamais retrouvé, celui qui devait de l'argent, parce que l'argent il faut toujours le rendre quand on nous en prête, c'est comme ça, on n'y échappe et c'est bien la preuve ; on peut fuir un pays en guerre mais pas quelqu'un à qui on doit de l'argent. Le pauvre gars a disparu, aspiré par la nuit comme le disent si bien ceux qui sont au courant de l'histoire. On ne l'a jamais revu. Mais bon, qui croirait un taxi ? S'il y a bien des gens qui peuvent raconter des histoires, c'est bien eux.

En tous cas, il y avait quelqu'un au bout de mon lit, qui continuait d'empiler les feuilles, comme autant de reproches que l'on s'apprête à faire à un homme. Il semblait très méticuleux et appliqué, concentré sur sa tâche. Il termina par sortir une calculatrice, qu'il posa près de sa mallette, avant de se tourner vers moi.

HOMME EN NOIR. – Alors, on y est. C'est l'heure des comptes. Tu dois bientôt te présenter au Patron, et il faut que tu sois en règle vis-à-vis de lui, mais aussi vis-à-vis de toi-même. On ne se présente pas devant le Patron sans que l'on se connaisse soi-même. Le Patron est très pointilleux.

Il parlait d'une voix plutôt grave, mais assez suave ; de lui émanait une sorte d'autorité naturelle, semblable à celle que l'on trouve chez les hommes dangereux.

PACADIS. – J'espère que ton Patron ne m'en voudra pas si je me présente comme je suis, comme je suis maintenant, là, parce qu'il y a bien des tas de choses qu'on ne peut pas résoudre en une seule vie, et je pense que si on en avait plusieurs, même, on y arriverait pas parce que certaines complexités sont pires que d'autres ; je suis de cette race, celle de ceux qui eux-mêmes ne se comprennent pas, alors j'espère que tu as du temps mon ami, beaucoup de temps, parce qu'il te faudra de longues nuits pour comprendre celui que tu as en face de toi.

HOMME EN NOIR. – Justement, le temps presse. Il ne reste pas longtemps avant que je te présente au Patron ; alors allons-y.

Je me réveille. Il y a des seringues partout dans l'appartement. Dina dort paisiblement. L'homme n'est plus là.)

Chapitre 27

Variations sur la nuit

J'ai vécu de nombreuses nuits, jumelles de certains rêves, à tel point que je pense n'avoir jamais su faire la différence entre les deux. Un rêve blesse, et la vie rattrape le coup – ou l'inverse. Parfois, il faut un bon verre d'alcool pour témoigner à soi-même, à son propre corps, de sa déchéance. Sombrer, c'est difficile. C'est un travail de longue haleine. Paysage vide, ciel vide, tête vide : mais pourquoi ça fait si mal ? Et un matin on se retrouve avec des clous enfoncés dans le ventre et des aiguilles dans le cœur – sans parler des bras ; on s'inflige une torture de poupée vaudou, toujours à soi-même. Musique diffuse qui ne signifie plus rien. Rythmique house ou électronique dans les couloirs interminables du Palace. Ne dit-on pas de l'habitude qu'elle est un rythme ?

Chaque soir j'y retourne
Il n'y a pas d'autres endroits où aller
Le vide.

Vide comme l'écume des nuits
Vide comme des yeux d'aveugles (extralucides ?)
Vide comme un ciel adolescent

Encore sans étoiles.

Il ne faut pas se voiler la face. Derrière tout le faste et les paillettes, il y a ces fins de fêtes désastreuses, ces paroles sans intérêts échangées au bar, ces descentes vertigineuses quand la drogue ne fait plus d'effet, plus aucun effet, la fatigue physique et cette solitude qui colle à la peau. Une ombre collée à l'ombre. Derrière les lunettes noires, on aime à cracher sur tout et n'importe quoi. À cette époque, la pensée est comme tous les gens : déprimée, et tout le monde constate le grand désenchantement du monde, assis dans son fauteuil en simili-cuir, à boire du thé vert. Nous sommes tous pareils, car nous vivons tous au même endroit ; plus loin, vers là où le soleil prend toute sa chaleur, dans ce grand territoire oriental, le monde est autre. Ici, il est mal vu d'être content de soi, d'expliquer que tout va bien dans le meilleur des mondes. Je suis donc anormalement banal, isolé dans ma normalité, en tentant d'y faire face avec style. Un sentiment d'usure de la nuit commence à nous ronger, nous, ses habitants. L'effet destructeur de la nuit est bien réel, la peau se froisse doucement comme un tissu de mauvaise qualité, les cheveux se ternissent à cause de la fumée de cigarettes, des rides prémonitoires apparaissent çà et là sur le visage, et puis on rêve de moins en moins. Roland Barthes en parle bien mieux que moi : « Quand l'homme est frappé par un manque de désir c'est presque une maladie, pas du tout dans le sens moral mais presque au sens physique du terme. Un homme sans désir s'étiole. » Voilà où j'en suis.

Entrer dans une boîte de nuit à la mode vers une heure du matin correspond à un besoin : il faut passer de l'autre côté de la porte pour se prouver qu'on existe. D'un côté de la porte, on est comme tout le monde ; de l'autre, on est dans une hiérarchie qui se crée petit à petit, se construit de la même manière qu'un temple, pierre par pierre, jusqu'au sommet. Il y a ceux qui restent sur le trottoir, dans la rudesse des éléments naturels, et les autres, qui entrent dans ces décors superficiels. Il y a de nombreux soirs comme les autres, c'est beaucoup plus difficile de faire se ressembler les nuits que les journées. C'est un petit monde où tout le monde se croise et s'embrasse, s'enlace et on finit par reconnaître les parfums de toutes façons. Même sous les perruques et derrière des lunettes ridicules, on reconnaît les gens qui se cachent en dessous. On ne peut pas échapper au peuple nocturne. Qu'on se trouve au Palace, au 7, ou au Banana Café, ce sont les mêmes visages laminés que l'on croise ; il n'y a que les heures qui changent. On a tous commencé en même temps, et même si quelques fois il y avait des nouveaux qui se glissaient dans les groupes déjà formés, certains partaient aussi. Enfin plutôt ils disparaissaient, dans le noir le plus total. Le rythme des départs s'accélérait de manière flagrante. Il avait fallu environ une quinzaine d'années, depuis que j'étais rentré du désert jusqu'à aujourd'hui, pour voir qu'ils étaient de plus en plus nombreux à ne plus jamais faire la fête. C'était triste, à chaque fois. Qu'il s'agisse d'un illustre inconnu ou d'un mondain discret. Récemment, c'était Fabrice qui s'était éteint :

Le soleil resplendit
Mon cœur est triste
J'ai perdu quelqu'un

Un ami.

Quand j'ai appris la mort de Fabrice, mon premier réflexe a été de ne pas y croire, puis, ces dires étaient de plus en plus confirmés, par davantage de monde, et la vague m'avait atteint. Mes yeux ont commencé à s'humidifier et j'ai tout de suite chaussé mes grosses lunettes noires. Et puis j'ai bu tout le week-end pour essayer de penser à autre chose et m'occuper l'esprit. Mes autres amis essayaient de me distraire, mais sans succès. Rien n'y faisait. Le lendemain, au fond du Palace, dans une salle qu'on appelle « Le Privilège » (où se réunissent les privilégiés), personne n'ose rire ou même sourire. Tout le monde a l'air grave. C'est le premier soir, depuis très longtemps, où je n'ai pas fait la fête ; non pas à cause d'un problème physique ou d'une arrestation imprévue pour ivresse sur la voie publique, non, rien de tout ça. Je n'en avais pas envie. Quelque chose qui appartenait aux fêtes, aux parties s'est envolé avec Fabrice. Pourtant, jusqu'au dernier moment, il s'était accroché à la vie : dans le coma, on pouvait encore espérer le voir ouvrir les yeux pour nous dire que c'était une blague. Une de ses nombreuses blagues. Que c'était l'introduction de la plus belle des fêtes. Et puis, il y a eu cette annonce faite par les informations télévisées. Et la radio. Et les paroles qui se répandent dans la ville et parviennent jusqu'aux oreilles de tout le monde. Il n'y avait plus aucun doute : je ne le reverrai jamais. C'était fini.

Chapitre 28

Une vie de nuit, celui qui nous aimait comme ses enfants

Une vie de nuit

Celui qui nous aimait comme ses enfants

« Aujourd'hui, je devais faire un article sur une star du showbiz. Qu'elle me pardonne, mais je suis obligé de parler de Fabrice, qui était le père de tellement de monde. C'est difficile de parler de la mort de quelqu'un, il faut trouver les mots ; je ne sais pas lesquels il faut employer.

De la naissance jusqu'au Palace

Fabrice était né dans le Nord, dans une famille à la Zola. Il fait des études studieuses comme un fils de bonne famille bourgeoise, mais son père meurt lorsqu'il avait quatorze ans. Il reprend alors l'entreprise familiale – son père vendait de la laine à échelle industrielle. Puis à dix-sept ans, l'âge où tout arrive, il tombe amoureux d'un garçon qui lui fait découvrir Paris et surtout la vie de nuit ; ils partent tous les deux au Maroc, et Fabrice se lance alors dans l'esthétique du visage. Il revient à Paris avec beaucoup d'argent. Mais, en homme sûr de ses convictions, il ne fait rien pendant quatre ans, pendant lesquelles il sort et rencontre beaucoup de monde. Avant que son argent ne finisse de flamber il achète un petit bar rue Sainte-Anne, qui était une rue délaissée par la vie et la fête. C'est un succès total : le Pimm's est le premier lieu gay parisien, et Fabrice y introduit la musique américaine. Voilà la genèse de la libération homosexuelle.

Un soir, un gangster lui tire cinq balles de revolver à bout portant ; il passera plus d'un an à l'hôpital. La mort apprivoisée une première fois, il décide de vivre au présent et encore plus intensément. Il ouvre le « 7 », un autre club fréquenté par la communauté gay, et où de nombreuses célébrités se sont ouvertement affichées comme étant homosexuelles. Puis ce fut au tour du Palace d'ouvrir ses portes, pour dévoiler ses merveilles. C'était un endroit où se rassemblaient des gens d'origine différentes, donnant un échantillon assez large de ce que la nuit a de meilleur et de pire. Au Palace, pour la première fois, on a affaire à un lieu mixte, mais la direction et les personnels étant gays, les homos savent qu'ils y sont reçus avec plus de sympathie. La vie nocturne voit l'homosexualité sortir de son ghetto : elle n'est plus une différence.

Les soirées les plus folles

C'est en travaillant pour ce magazine que j'ai rencontré Fabrice pour la première fois, à l'ouverture du Palace. Je l'avais bien croisé quelques fois auparavant, notamment au « 7 », mais on ne s'était jamais vraiment parlé. Dès le soir de l'ouverture, j'ai adoré ce lieu : des lasers, de la musique très speedée, le premier concert de Grace Jones – l'icône des gays américains ; tout cela ne pouvait que me plaire et correspondait parfaitement à mes attentes. Alors, j'ai commencé à voir Fabrice de plus en plus souvent. Les premières fêtes du Palace étaient complètement folles : tous les couturiers se surpassaient pour donner encore plus de folie aux soirées, sur les thèmes les plus originaux. Je me souviens du bal vénitien de Karl Lagerfeld. Les fêtes se succédaient, Fabrice était toujours fastueusement habillé, j'essayais de l'imiter. Bientôt, je passe toutes mes soirées au Palace, et me réfugie au « 7 » quand le temple est fermé. Je vois Fabrice chaque soir, et souvent même l'après-midi. Il m'a accepté et j'ai fait partie du cadre, d'une certaine manière, à ses côtés. Un jour, il m'a même proposé d'organiser moi-même une fête, et m'a donné les clés du Palace. En plus d'être le roi de la nuit, il avait les manières d'un véritable prince oriental ; faire plaisir à ses amis, peu importe la démesure que cela impliquait. On a passé toute notre vie à vivre, de toute façon, au-dessus de nos moyens ; nous profitions de sa générosité sans limite.

Il avait aussi lancé, en parallèle à son activité nocturne, le *Palace Magazine*, auquel je collaborais très volontiers. Une opportunité supplémentaire d'exprimer mon art. Il n'y avait que Fabrice pour vous donner une chance comme celle-ci. Ce merveilleux journal s'arrête après quelques années, je dois retourner à ma vie « d'avant », moins faire la fête. Cette mauvaise nouvelle, accumulée à de nombreuses autres, me pousse vers une solution radicale ; une solution qui m'a conduit à passer environ quatre mois à l'hôpital. Une tentative de suicide. Comme il s'en fait des centaines par jour. Une histoire parmi tant d'autres...

Tout va bien dans la meilleure des nuits

Quatre longs mois sans aller au Palace, à souffrir dans cet univers blanc, immaculé, dans cette succursale du paradis où les infirmiers n'ont pas de visage. Mes poignets sont dans un sale état. Heureusement, le hasard fait parfois bien les choses : le jour de ma sortie coïncide avec le concert parisien d'Iggy Pop, donné au Palace. La soirée est merveilleuse, tous mes amis sont là, autour de moi, ma famille. Je ré-apprends la vie nocturne, je croise de nouveaux visages. Tout cela me donne envie de réécrire. Alors je reprends la plume. Doucement. J'ai beaucoup de mal à marcher, je suis faible, mais je tiens le coup. Les docteurs en ont profité pour me dire de ralentir un peu sur les excès ; mon corps accuse le coup. L'enveloppe charnelle est limitée par la physique, et ne correspond pas à la spiritualité nocturne. Le corps humain ne supporte pas l'exposition prolongée aux dieux lunaires, aux rites *underground*, aux sons de musiques électroniques. Je continue d'aller me vautrer dans les fauteuils confortables du Privilège pour y rencontrer Fabrice, puisque c'est le seul qui arrive à me donner assez de courage pour continuer.

Ce même hasard fait que, au fur et à mesure de mon rétablissement, c'est sa santé à lui qui commence à décliner. Son sourire toujours resplendissant, la seule vraie oasis de ce désert, commence à se ternir sous l'effet de la terrible maladie qui le ronge tout entier. Il vient de moins en moins au Palace. Ses apparitions sont de plus en plus courtes. Il s'enferme dans son appartement, au cœur de la capitale, et n'en sort quasiment plus. Uniquement pour de rares occasions. Quand je l'aperçois, il me lance un clin d'oeil qui en dit long. Je voudrais bien aller le voir chez lui, mais je sais que très peu de gens y sont admis, et je n'ose pas le déranger. Mais j'ai peur.

La dernière fois que je le verrai, c'est le jour de son anniversaire. C'était le 1er mai, à son club le « 7 ». Tous ses amis sont autour de lui et continuent de faire la fête – savent-ils faire autre chose ? – mais je n'ose pas lui parler trop, je l'embrasse furtivement mais tendrement. Je lui demande des nouvelles de sa santé : il me répond que tout va bien. Fabrice déteste se plaindre. À la fin du repas, il se lève difficilement et, verre à la main, prononce quelques paroles : « Je souhaite encore vous avoir, tous, autour de moi, à mes prochains anniversaires ! Vieillir seul, quelle tristesse ! ». Je ne me doute absolument pas que, ce soir-là, il s'agit de la dernière fois que je le vois.

Je n'ai pas encore réellement pris conscience de sa mort, ce n'est que dans quelques jours ou dans quelques semaines que je m'en rendrai définitivement compte. L'absence est un serpent qui navigue en profondeur, dans les profondeurs ; il restera de nombreux souvenirs sur lesquels je m'arrêterai, les larmes aux yeux. Des musiques aussi, forcément. Sans lui, tout va changer : la nuit ne sera plus jamais la même. Une autre couleur. Cela va sans doute paraître ridicule, mais je me sens orphelin. Il y aura sûrement une étoile qui portera ton âme, quelque part. Chaque fois que la nuit descendra, nous serons tes initiés. Il restera toujours ton nom, que nous n'oublierons jamais. »

Chapitre 29

Dina contre Paca

Je crois que Dina n'a pas compris ce qui s'est passé. Je veux dire, j'ai essayé de m'ouvrir les veines, un soir de grande déprime. Le problème, c'est que la déprime est là chaque soir. Je ne sais pas vraiment ce qui m'a poussé, cette fois-ci plutôt qu'une autre ; il ne s'était rien passé de particulier. J'avais passé une bonne soirée, tellement bonne que j'en ai oublié la plupart des moments. Je crois avoir discuté avec plein de gens qui se trouvaient à l'intérieur de la boîte. Ensuite, j'ai transpiré toute l'eau de mon corps sur la piste de danse. Je me suis rassis, seul. Et c'est en entrant dans cette éternelle solitude que ma mémoire a cessé d'enregistrer les images. Je ne sais pas ce qui s'est passé. L'alcool disent certains, je les entends parler. Pour d'autres, c'est la drogue. Pour d'autres encore, c'est le mélange des deux. Il parait que je n'ai pas un rythme de vie sain. Qu'est-ce que cela peut bien vouloir dire ? Je n'en sais rien. Les médecins qui se sont occupés de moi ont dit c'était la fatigue. La lassitude. Comme si l'être s'exprimait à travers ce geste, pour signifier que c'en est trop pour lui. C'est vite fait ; un soir, sur sa banquette, entre deux sanglots, on attrape un couteau et on se taillade doucement les poignets, pour ne plus être l'esclave de rien. Se libérer de ces chaines, qui nous lient au monde depuis la naissance. Je pense que c'était un acte de grande résistance, de combat pour la liberté ; il eut fallut que je parte en héros. Cela n'a pas été le cas. Je me suis vidé de mon sang comme un animal saigné, malheureusement pas assez pour rejoindre la nuit infinie qui plane au-dessus. Dina m'a ramassé, elle a posé des compresses sur moi et a appelé les urgences. Me voilà avec de beaux pansements, symboles d'une tentative de liberté.

Elle m'en a voulu. Elle ne m'en voudra certainement pas toute la vie, elle aussi a eu ses moments de faiblesse. Elle m'a quand même giflé, quand je suis sorti de l'hôpital. Mais j'ai pris ça pour une expression de joie ; on réagit sûrement comme ça quand on est face à quelqu'un qui revient de l'autre côté. Après ça, le sujet est devenu clos entre nous. On n'en a plus jamais reparlé. Ça a pourtant marqué une sorte d'étape entre nous, que je ne sais pas vraiment définir. On a toujours été proches, sans l'être vraiment : on partait « travailler » en même temps, et finalement, il n'y a que le lit qui nous voyait tous les deux en même temps. Je savais ce qu'elle faisait, elle savait ce que je faisais aussi de mon côté ; on a quand même passé de nombreuses soirées ensemble, dans les mêmes boîtes, les mêmes restaurants clandestins, au fond des rues parisiennes. Je l'avais dans la peau, Dina, pour de mauvaises raisons certainement. On a partagé nos pires moments ensemble, et je crois que c'était ça notre chaîne. Notre lien. Notre pacte de sang. On était ces deux indiens qui se tournent autour, avant de tourner autour de l'arbre magique pour appeler la pluie ; une fois les pieds boueux, et en se regardant dans les yeux, on s'est taillé le bras pour mélanger nos sangs, et joindre nos vies à tout jamais. Des vies se répondent, par échos, et celles qui se ressemblent finissent par s'attirer l'une et l'autre de façon inéluctable. Après, peu importe comment les couples vivent, car une fois que le lien est fait, il ne peut être brisé. Tout ça bien sûr, pour le meilleur et pour le pire.

Alors quand un soir je surprends une bagarre, en sortant du Palace, je ne comprends pas tout de suite ce qu'il m'arrive. Il y a deux hommes qui se battent, assez violemment. Tout autour d'eux, des gens les regardent. Les coups s'échangent, des cris partent et s'envolent, quelques insultes aussi. Le sang finit par couler. J'interviens pour arrêter les deux hommes qui sont, en réalité, deux frères. L'un des deux s'appelle François, je l'ai déjà croisé quelques fois. Son frère clôture la discussion en lui soulignant que « c'est pas fini », et que « papa ne va pas laisser la situation durer comme ça éternellement ». François reprend ses esprits, la meute déçue des passants se disperse dans des directions différentes. Il reste nous deux, deux hommes sur le bitume froid, après que le sang ait coulé.

François me remercie une bonne dizaine de fois, tout en épongeant sa blessure. Il en profite pour salir ma veste, une belle trace de sang qui mettra sûrement des années à s'estomper – c'est bien connu, le sang sur les fringues ne part jamais. Son arcade est bien trop entaillée : nous voilà dans le taxi, direction l'hôpital le plus proche pour une séance de premiers soins. On commence à parler, il me demande ce que je fais, je lui demande ce qu'il fait. Il m'explique les grandes lignes de sa vie, l'histoire qui se tisse entre lui, son frère et son père. François est un fils de bonne famille, ancien étudiant brillant en architecture reconverti en galeriste à peine renommé. Son père, un dirigeant de banque à la retraite, lui fournit tout le confort nécessaire pour passer une jeunesse dorée à la capitale : un appartement en plein milieu du XVIème arrondissement, de l'argent lorsqu'il en a besoin, et son carnet d'adresse qui lui permet de remplir sa galerie d'œuvres en tous genres. Son frère, certainement animé par une sorte de jalousie, tente de faire cesser cette relation père-fils. Je dis à François que je n'ai pas de frère, que je suis fils unique et sans parents, et que donc je ne peux pas comprendre cette relation. Mais je lui dis aussi que je trouve ça beau de frapper quelqu'un qu'on aime ; c'est quelque chose de très poétique malgré le paradoxe. On en conclut, absorbés par l'attente, que la violence est une forme primaire d'amour, et que l'un n'existe qu'en présence de l'autre. C'était une discussion de bistrot, mais je veux dire, celle-là, était très touchante.

Et puis il y a toujours ce moment où il faut rentrer. Abandonner une position géographique agréable pour une autre, plus familière, qui par habitude correspond à l'endroit où l'on dort ; cet endroit que l'on appelle « chez nous ». Je quitte François en convenant d'un nouveau rendez-vous avec lui, reprends le taxi, et constate au moment de payer qu'il faut aller chercher l'argent de plus en plus profondément dans la poche. Il faut aller tout au fond, explorer les derniers recoins, pour trouver les pièces et les billets. Je paie, il est temps de rentrer.

Quelques marches plus tard, difficilement escaladées, Dina m'attend dans le salon et me demande où j'étais avec qui ce que je faisais pourquoi je suis rentré tard si tard à tel point qu'il est déjà demain. Elle n'entend rien, sinon le prénom « François », qu'elle répète doucement puis, de plus en plus fort. Si elle avait pu l'invoquer, elle l'aurait tué sur place, avec un seul regard ; sa jalousie me rassure tout de même, et après quelques portes claquées, le calme revient doucement dans cet appartement si vieux qu'il paraît n'en plus supporter ses occupants. Les rayons du soleil commencent leur travail, et mettent en lumière l'intérieur de la maison : les rideaux sont sales, jaunies par le temps et le tabac ; les cendriers débordent généreusement sur la table du salon ; des assiettes et toutes sortes de vaisselle reposent dans l'évier. Des tableaux tombés, qui n'ont jamais retrouvé leur place. Des tas de bouquins, des journaux étalés sur les tables. Des vinyles aussi, j'aime la musique. Au milieu de tout ça, il y a une paire de lunettes, laissées par ma mère le jour où elle a ouvert la fenêtre pour s'envoler ; elle n'ont jamais bougé. Je me suis toujours battu pour qu'elles restent là. Parce que c'est là qu'est leur place. Le microcosme de l'appartement doit se construire autour de cet objet, pour ne pas l'absorber, ni faire en sorte de l'avaler ; parce que l'avaler ça serait l'oublier, et je ne veux pas oublier. J'ai peur, un jour, d'oublier.

Chapitre 30

Écriture sous contrat

Le lendemain, je reçois un appel de François. Pour me remercier, il m'invite chez l'une de ses amies qui est éditrice littéraire. Le rendez-vous est prit au siège de la maison d'édition, l'après-midi même. François a des points de suture au niveau de l'arcade sourcilière. Il me dit que ça va, ce que je veux bien croire à la vue de sa mine réjouie. Il me présente ensuite à la directrice de la maison d'édition, une certaine Amélie, très avenante et très charmante au demeurant. Ses premières paroles sont à propos de mes textes, qu'elle adore lire dans le journal. Elle me raconte un peu sa vie, faite de hauts et de bas, comme tout le monde ou presque, et sa rencontre avec François, après une dispute avec son ex-mari. C'est le genre de personne qui prend son temps avant de vous demander quelque chose ; François la regardait, me regardait en souriant, et semblait vouloir dire « ne t'inquiète pas, attends un peu, on y arrive ». Une bonne demi-heure plus tard, après quelques bâillements de rigueur, la demande tant attendue arrive enfin.

AMÉLIE. – Bon. Venons-en au fait. Je lis toutes tes chroniques. Non, c'est vrai, je lis tout ce que tu fais, et je pense pouvoir dire que je le fais depuis le début. Depuis quelques années je te suis, je suis ton écriture et je trouve qu'il y a un truc à faire. Alors j'aimerais te proposer quelque chose qui pourra t'intéresser : j'aimerais rassembler tes chroniques, pour en faire un livre je veux dire. Je ne sais pas vraiment si c'est possible, mais je pense que ça serait intéressant de te sortir du journalisme. Tu as quelque chose de spécial, un vrai style ; on dirait Baudelaire, encore plus défoncé, et avec une veste en cuir !

Elle éclate de rire, François sourit lui aussi. Moi j'attends un peu avant de rigoler.

Le mieux, je pense, c'est que pendant un an, tu gardes tout ce que tu écris pour nous. Plus de journal, plus rien. On garde l'exclusivité de ta plume, et en contrepartie, on te donne de l'argent tous les mois, l'équivalent de ton salaire d'aujourd'hui. Pour toi, rien ne change. Tu écris, tu nous l'envoies, on met en forme et on te publie dès que c'est prêt. Une fois que la parution sera faite, tu toucheras bien évidemment un pourcentage sur les ventes. Il nous manque plus qu'à trouver un titre, quelque chose qui claque, qui éblouit.

PACA. – J'ai peut-être quelque chose pour le titre. Un truc comme « Les Flashs, chroniques d'un jeune homme d'aujourd'hui », ça vous va pas ? Je trouve que ça me représente bien. Je trouve que « flash » c'est le plus beau mot, toutes langues confondues. Il n'y a rien qui représente mieux le jour dévoré par la nuit, la lumière d'un réverbère fatigué, un scintillement stellaire, la durée d'une vie. Gardez-moi ce mot, et je serai heureux. J'ai envie d'être une étoile qui brille sur la couverture d'un livre.

AMÉLIE. – J'aime bien l'idée du jeune homme.

FRANÇOIS. – Quand j'ai rencontré Alain, il était bien habillé, tu pourrais jouer de ça aussi. C'est le mec le plus chic de Paris. Il faut bien mettre ça en avant. C'est son image.

PACA. – Je suis le mec le plus chic de Paris ?

AMÉLIE. – Et si le jeune homme devenait ironiquement chic ? *Un jeune homme chic.* Ça sonne bien, c'est urbain, moderne et très simple. Tout le monde retiendra ça. Ca casse l'image qu'on a de toi, ça emmerde le bourgeois. J'imagine déjà la couverture. Il ne reste plus qu'à remplir les lignes, à l'intérieur. Alain, il ne te reste plus qu'à écrire ton histoire et celle de tes nuits. C'est bon Alain, si tu es d'accord, c'est signé.

La pointe du stylo grave une signature au bas du contrat.

On a continué à discuté un peu, et l'après-midi se terminait doucement. On s'est quitté, après avoir aussi parlé d'un projet de roman. J'avais en tête quelque chose sur l'Orient. Des souvenirs, ou un rêve, je ne sais pas. Enfin, quelque chose qui s'est passé, ou qui aurait dû se passer. Si j'ai l'occasion d'y retourner, j'ai promis à Amélie d'écrire mon voyage et de lui envoyer. Même si j'ai l'impression que maintenant, et avec tous les excès effectués depuis, je n'y arriverai pas ; ou si un jour je m'y retrouve, que je n'en reviendrai pas. Je passe le trajet en taxi à rêver de territoires exotiques. Dina m'accueille en me faisant une scène de ménage, en bonne et due forme ; encore une fois, c'était le prénom « François » qui la rendait folle. Quand elle a su qu'il avait indirectement permis ma publication, elle est devenue folle de rage. Je crois que c'était de la jalousie. Elle n'avait pas vraiment de raison de l'être, enfin je ne crois pas. François et moi, c'était simplement une rencontre hasardeuse, comme il s'en passe des milliers chaque jour, dans toutes les rues que compte ce monde. Il n'y en avait rien d'autre à déduire, sinon que nous étions deux personnes qui se trouvaient au même endroit et qui se parlaient la même langue : celle de l'incompréhension et de la solitude. Je ne savais pas ce qui avait poussé François à me présenter son amie éditrice. Ce devait être une sorte de compassion. Il m'a aidé et pour Dina, il devait y avoir un signal qu'elle n'appréciait pas ; contrairement à elle, il n'y avait rien de malsain de la part de François. Ce n'était pas de l'autodestruction programmée, par injection, ou par absorption. C'était quelque chose de bien. De positif. De constructif même. Dina n'était pas capable de me fournir ça. Et je crois qu'elle le sentait.

D'ailleurs, j'ai commencé à moins sortir. Pour le livre, je n'avais pas besoin de faire la fête tous les soirs. Je n'allais qu'aux gros évènements, du genre les défilés haute couture, les premières de théâtre ou les concerts de mes amis chanteurs – quand j'étais invité. Je prenais mon temps pour écrire, pour bien écrire, pour retranscrire au mieux ce que je voyais et ce que je ressentais. Les gens de la nuit me voyaient de moins en moins et ils se faisaient du souci ; chacune de mes apparitions était une occasion de montrer que j'étais toujours vivant. C'est impressionnant de voir le nombre de rumeurs qui peuvent courir sur quelqu'un qui change ses habitudes. Yves est au courant pour le livre, il ne m'en veut pas et m'encourage même ; il me dit qu'il faut savoir se « renouveler », « revivre ». Ce qui sonne plutôt comme re-vivre. Modifier la trajectoire de base. Il n'est jamais trop tard pour prendre un virage et changer de route. J'espère un jour tomber sur celle qui me mènera à l'autre bout du monde.

Je me sentais aller mieux. Je crois que je peux dire que c'était la première fois de ma vie. C'était un projet concret, inscrit quelque part, avec une signature qui scelle cette décision. C'était un engagement de *straight*, de personne résignée peut-être. La fatigue était de toute manière plus forte que moi, et je ne me sentais pas de résister à ses assauts. J'ai donc appris, patiemment, à renoncer à ce que j'avais été pour « être une nouvelle fois ». La seule chose que j'ai conservé, c'est Dina. Je ne sais pas pourquoi. Parce que c'était une habitude, comme me disait François, mais je ne crois pas. Il y avait, et il y aurait, toujours ce pacte entre elle et moi, ce lien unissant mais destructeur ; elle aussi avait besoin de moi. Même si sa manière de le dire était parfois maladroite. Je suppose que sa vie n'aurait pas été la même si je ne l'avais pas croisé et vice-versa. On ne se croise pas par hasard ; les trajectoires sont soit parallèles, et dans ce cas on s'accompagne tranquillement main dans la main, soit perpendiculaires et dans ce cas, la rencontre est une douleur qui entrave et empêche tout mouvement. Mais bien encastrés les uns dans les autres, les êtres ont du mal à prendre du recul, et se dire que tout cela aurait pu être différent. François me donne à voir une autre vie, que j'aurais pu avoir, si le hasard avait décidé d'un autre ordre des choses ; je suis celui qui regarde la porte fermée de son placard et qui se demande combien de vies dorment paisiblement à l'intérieur. C'est douloureux, d'être confronté à la poésie de notre propre quotidien.

Presque une année se passe.

Partie 3

Jusqu'au bout du monde, et plus loin encore

Chapitre 31

Chercher, toujours, un endroit

Depuis quelques temps, je n'ai plus de nouvelles d'Yves. Officiellement, je ne travaillais plus pour son journal. Une brouille futile, suivie d'un claquement de porte, avait mis fin à notre collaboration. Officieusement, j'avais repris ma plume, trempée à l'encre de nuit, pour une sorte de baroud d'honneur qui durait depuis maintenant des semaines. J'écumais les nuits et prenait des notes sur les gens, je taillais des costumes et des portraits ; la différence étant que c'était pour moi. Je recherchais une vérité chez l'autre que je pourrais m'appliquer, essayer de me comprendre dans le geste maladroit de ce mec incapable de danser, dans le regard perdu de cette nana qui sirote un cocktail au Martini et se demande comment elle va se débarrasser de sa vie insipide. Mais dans le fond, les gens sont une moins bonne réponse que les mots.

Je me cachais sous un pseudonyme, pour éviter toutes les remarques éventuelles en provenance de ma maison d'édition, c'est chiant ces histoires de droit ; mais elle avait quand même réussi à me démasquer, et m'en a fait la remarque pendant une réunion de mise en forme de mes textes, sans m'en tenir grande rigueur. La sortie de mon livre approchait, ma gloire était juste là, sous les presses de l'imprimerie. Tout le monde était sur les dents ; les Éditions du Tropique voulaient frapper un grand coup. Elle m'incitait donc à ne pas faire trop de vagues, à ne pas retomber dans la rédaction frénétique de chroniques sulfureuses ; « un deuxième livre est si vite arrivé, mon petit Alain, fais attention ! ».

Alors, quand on se fixe un rendez-vous avec Yves, cela doit rester dans un cadre aussi secret que le prochain album des Daft. Et on discute, tous les deux, des expos un peu *hype*, de la nouvelle scène musicale ; Hervé, ce nouvel artiste qui pousse et qui fait vraiment un son d'enfer. Sébastien Tellier qui nous pond toujours des *lives* d'anthologie, et un magnifique hommage à Christophe. «C'était la *dolce vita*, putain qu'il avait raison» me disait Yves. Et je me souviens que moi aussi, «je cherchais l'aventure, jusqu'au petit matin». On échange aussi les dernières rumeurs sur le tout Paris. C'est dingue le nombre de politiques qui trainent dans des histoires liées à la drogue et aux putes. Yves voulait faire un dossier là-dessus, on avait des tas d'histoires là-dessus ; naturellement, il me demande d'y participer et de mener l'enquête. C'est vrai que Dina m'a déjà parlé de trucs dans ce genre : un ancien ministre lui avait proposé une mallette pleine de billets pour passer une nuit (une seule) avec elle ; elle a réussi à avoir la mallette en menaçant de tout balancer à la presse, sans devoir vendre son âme à cette enflure. En rentrant elle m'a tout raconté ; et c'est moi qui me suis chargé de tout balancer le lendemain. Évidemment, j'ai changé les noms pour ne blesser personne mais l'histoire était là, elle existait, et pour ne pas qu'elle s'évapore, il fallait l'écrire. La graver, en quelque sorte. Sur la peau du papier.

Enfin, le rendez-vous avec mon ex (mais toujours un peu) patron. Yves m'annonce qu'il s'en va, pour quelques mois. La capitale commence à le rendre fou. Il me dit « J'ai besoin de *vert* ». Je lui réponds sèchement que c'est la couleur de l'espoir. Il éclate de rire et me répond que c'est ce qui fait vivre la plupart d'entre nous. J'acquiesce, il n'a pas tort. Il me donne les clés du journal, en me faisant comprendre que je suis le seul à pouvoir m'en occuper convenablement. Cette responsabilité me touche énormément ; mon ego bande les muscles, et j'esquisse même un sourire qui porte le deuxième nom de «fierté». Il part apparemment le lendemain, de bonne heure, pour le Mexique ; il a prévu de faire toute l'Amérique du Sud et de s'arrêter un peu dans tous les pays qu'il traversera. Il pense que là-bas, tout est différent. « Sérieux Alain, je sais pas si t'imagines, mais l'Amérique du Sud, c'est que des arbres, des ruines mayas et des feuilles de coca ; ça va me faire du bien ». J'ai envie de lui dire que la musique est bonne, aussi. Que les gens sont comme nous et qu'ils font la fête, aussi. Qu'il y a de l'alcool, aussi. Mais je ne veux pas le décevoir. Je le soupçonne de ne pas tout me dire. Il doit y avoir une raison qui fait que quelqu'un s'en va, comme ça, du jour au lendemain, faire le tour du monde. Mais c'est un ami. Et il y a des questions qu'on ne se pose pas entre amis : c'est ce qui définit les bons des mauvais amis. Il y a ceux qui posent des questions, et ceux qui comprennent les silences et entendent les réponses à travers ces longs regards muets. Alors, en gage de notre amitié infinie, j'ai accepté de le laisser partir pour son grand voyage.

De mon côté, la nuit suivante s'est mal passée. Dina est rentrée dans la nuit, ivre. J'ai essayé de la calmer, de la coucher, de faire en sorte qu'elle revienne à elle, de la raisonner, de lui faire prendre conscience d'elle-même ; mais elle s'en est pris à moi. Une gifle d'abord, presque anodine ; puis des coups, des insultes. Ma chemise déchirée, un bouton arraché quand elle m'a poussé contre la porte de la chambre ; une petite douleur dans le dos, comme une pointe, qui vient vous voler votre respiration et vous empêche de tenir debout. Un cendrier en céramique (offert par Serge Gainsbourg, lors de notre deuxième rencontre) qui termine sa vie, après avoir embrassé le mur de la chambre, dans une constellation de bris sur le sol, quelques morceaux incrustés dans le plâtre. Une branche de mes lunettes cassée ; et quelque chose d'autre aussi, en moi, cassé. Il ne reste pas beaucoup de place à l'amour quand le coeur est maltraité. Et si c'était un bateau, la violence des vagues menaçait de le faire chavirer, puis couler tout au fond de l'océan. Je sors de chez moi abattu, gagné par une tristesse infinie. Je me dirige vers un port plus calme, là où les vagues sont des ondes plus douces.

Il devait être tard, aux alentours de deux heures du matin. François m'ouvre la porte de chez lui, en peignoir. Il m'accueille gentiment, et me laisse regarder son impressionnante collection de livres, et un début de collection de tableaux de styles divers. Il m'explique que ce sont de jeunes artistes qu'il souhaite lancer, et avec qui il projette de faire une exposition au début de l'année suivante. Au milieu de tout cela, il y a de belles choses. Les tableaux me manquent ; depuis l'École du Louvre, je n'ai plus vraiment fréquenté ce milieu-là. J'avais des amis, avant, qui dessinaient très bien. C'était ma plus grande frustration. Ne pas savoir dessiner. Je n'ai jamais su tracer des traits et représenter quelque chose. On m'a dit un jour que c'était une question d'observation. Et mon observation à moi, semble-t-il, se traduit bien mieux par l'écrit. Alors j'ai écrit. Et je n'ai fait que ça. François se balade au milieu de tout ça, à la manière d'un vendeur de souk. Il connait les moindres détails de chaque chose qui se trouve dans son appartement, et me donne des anecdotes sur quasiment chaque objet. Il s'arrête un moment, et fouille au milieu de tableaux, posés à même le sol.

C'est un dessin au fusain, d'une petite fille en apparence paysanne, enroulée dans un tissu à carreaux ; cette esquisse est magnifique. Il m'explique qu'il l'a achetée une misère, aux puces ; elle est signée par un grand maître provençal du XIXème siècle, de la région d'Avignon, et c'est une pièce qui a servi à la création d'un tableau d'une plus grande envergure, et bien plus cher. « Il y aura bien un type, qui s'y connait mieux que moi, qui tombera un jour dessus et qui me l'achètera ; puis un autre type, et encore un autre. Jusqu'au jour où, ce dessin et le tableau final se rejoindront dans un salon bourgeois. Ou dans un musée. Et puis, qui sait, une fois réunis, il leur restera juste à partir en fumée tous les deux. C'est comme les histoires d'amour. Je suis juste un entremetteur ». Puis on s'assoit et on boit, tous les deux. Parfois on discute, des flashs me reviennent sur ma vie d'ado. Je me demande pourquoi avant, j'avais le courage de faire des choses dont je me sens incapable aujourd'hui. Je me souviens du bus en Iran. La Grèce. Tout s'empile, j'angoisse. Je finis par m'endormir.

Un rayon de soleil vient me caresser la joue. François est à côté de moi. Mon téléphone ne me donne aucune nouvelle de Dina. J'ai juste un vague souvenir du départ d'Yves, qui s'en va aujourd'hui, je crois, à l'autre bout du monde.

Je touille mon café brûlant, dans la cuisine encombrée de François. Il dort toujours, je passe me rafraîchir dans la salle de bain. Je tombe sur moi ; je veux dire, mon reflet m'aspire, et j'ai cette sensation où je *comprends* que je suis ce reflet. Je prends conscience de moi, en une fraction de seconde, je vois mon visage abîmé, le sang séché sur mes lèvres. Quelques larmes coulent et se perdent dans le siphon du lavabo, je relève la tête et je comprends qu'il est temps d'*être*.

Dans un élan, je prends ma veste et je file à l'aéroport. Merci pour tout François, je n'ai pas eu le temps de te remercier ni de fermer à clé la porte d'entrée. Je descends les marches quatre à quatre, j'attrape un taxi (sa voix me dit quelque chose) ; une fois à l'aéroport, je m'enfuis tellement vite que le taxi n'a pas le temps de me rattraper. « On ne peut pas partir sans payer, mon petit Alain. On finit toujours par payer ce que l'on doit, et un jour ou l'autre, si tu ne rembourses pas, tout sera majoré, et le prix ne sera plus aussi abordable ; il faudra donner plus, et la maison ne fait pas crédit ». Je regarde les panneaux dans le hall immense de l'aéroport, je localise le quai d'embarquement et je fonce retrouver Yves avant qu'il ne soit trop tard. Pourquoi je ne partirais pas, moi aussi, avec lui, loin de la nuit, loin de tout ça ? je cours je cours je manque renverser quelqu'un – quelle idée de se foutre en plein milieu ? – je cours je m'essouffle et je tombe à ses pieds.

YVES. – T'as une sale gueule, mon petit Alain. Qu'est-ce que tu fous là ?

PACA. – Je viens avec toi Yves. Sors-moi de ce merdier, la

nuit, les faux espoirs, les ombres partout, sors-moi de là. J'ai besoin de voir autre chose. Changer de monde, un peu. Mes meilleurs souvenirs sont ailleurs, je dois aller les chercher. Laisse-moi t'accompagner jusque là-bas.

YVES. – Tu n'as pas de bagages, pas d'affaires ; t'as rien Alain !

PACA. – C'est assez bien résumé !

(Il était comme ça, Alain. C'était une sorte d'habitude pour lui d'arriver, d'être là, et de s'imposer aux autres, qui devaient alors faire avec lui. On devait s'adapter à lui, l'inclure quand il avait décidé d'être inclus. Il souriait en faisant sa demande, et il avait l'air tellement perdu – et sûr de lui en même temps – qu'on ne pouvait pas le lui refuser. Et s'il avait raison ? Si sa solution était là-bas ? Je l'ai souvent entendu dire qu'il cherchait où était né le soleil, parce qu'il était persuadé qu'une réponse se trouvait à cet endroit, ou au moins sur le chemin qui mène à cet endroit. Il y a bien des gens qui pensent qu'un trésor est posé aux pieds des arcs-en-ciel. Moi je crois qu'en prendre simplement le chemin, ça suffisait ; et parfois, le processus est plus intéressant que la finalité. C'est un truc de psy ça. Après, il y en a qui vont arriver jusqu'au bout et d'autres non, parce qu'ils ont pas les jambes pour le faire, ou parce qu'ils changent d'avis ou parce qu'ils tombent sur quelqu'un qui les empêche d'aller jusqu'au bout. C'est pour ça qu'il y a des gens qui réussissent, et d'autres non. Alain disait que ceux qui réussissent sont ceux qui sont tout en haut, au plus près du soleil ; les autres vivent en bas, au niveau du sol, et les pires, ceux qui n'arriveront jamais à rien, vivent parfois sous terre, dans l'underground, et descendent des marches qui mènent à des endroits qu'on appelle « boîtes de nuit ». Il disait ça, Alain. Il était dur avec lui-même, mais c'était mon ami. Alors, la suite était toute tracée.)

YVES. – Je te paie le billet, viens au guichet avec moi. On se casse d'ici.

PACA. – Que les vents nous soient favorables.

Chapitre 32

Un bus, un de plus

Quelques heures de vol plus tard, quelques turbulences angoissantes plus tard. On se faufile au milieu des *checkpoints* de sécurité. La foule est dense, la vie grouille. Une dernière série de vérifications, on range nos papiers avec un grand sourire ; Yves récupère ses bagages, et moi je l'aide à porter toute sa vie largement compensée dans cette petite mallette.

Nous voilà les pieds finalement posés à l'autre bout du monde, sur le sol latino-américain. Si tout est gris à Paris, alors on ne peut que constater que tout est jaune à Mexico. L'avion nous a déposé là, en plein milieu d'une ville immense et débordante de vie et d'envie, tentaculaire, où, pourtant, tout le monde a l'air de comprendre que la vie est un long moment où l'on doit prendre son temps. Le dépaysement n'est pas immédiat : des rues, des immeubles, comme il en existe partout ; sauf que le ciel, va savoir pourquoi, a l'air plus bas. Nous nous regardons, nous sommes un peu déçus de voir que c'est « comme chez nous ». La seule différence est que je ne parle pas un seul mot d'espagnol. Enfin si, quelques mots seulement qui se résument à « Ola qué tal », « Quiero una cerveza » et « Bocadillo de jamòn » (j'ai appris ça de Fabrice, lors d'une soirée à thème, où il était déguisé en toréador dans un magnifique «Traje de Luz» blanc radieux).

On se met d'accord pour plonger plus profondément dans le pays, quitter un peu la civilisation, aller vers la verdure, dès que l'occasion se présentera. Il n'y a pas d'autre moyen pour s'imprégner d'un pays. On peut être un touriste, suivre les guides, et ne voir que des musées et des statues. Seulement, ce n'est pas suffisant. Et puis les gens d'une ville comme Mexico sont les mêmes que ceux qu'on trouve à Paris ; les citadins sont tous les mêmes, peu importe l'endroit où ils se trouvent sur le globe. Ils ont des habitudes de citadins qui ne se perdent pas, d'un pays à l'autre, et se les transmettent. Quitter la route, c'est ça le vrai geste fort de résistant. Aller sur le sentier, le chemin de terre, presque effacé par les herbes, et voir ce qui s'y passe. Chercher la magie en évitant de se faire bouffer par les animaux sauvages. En ville, ces expéditions sont moins possibles : il n'y a que des rues où certaines personnes vont, et où d'autres ne vont pas ; par peur d'y croiser une autre espèce, hostile, enragée, et tout alors finirait par mal tourner.

On passe devant de nombreux bars où de vieux Mexicains sirotent de grandes cervezas dorées, au goût de cactus. Il y a aussi des tas de boutiques de vêtements, style friperie, où je prends quelques minutes pour m'acheter un jean et des chemises à manches longues ; même s'il fait chaud, il y a quelques marques que je ne veux pas montrer. Je me transforme peu à peu, je deviens cette race de touriste, avec une chemise à (grosses !) fleurs, des lunettes sur le nez et jean léger qui permet d'apprécier (tout de même !) le climat mexicain. Yves tente de trouver un hôtel, en parlant anglais avec de jeunes étudiantes qui trainaient dans la rue. Elles nous expliquent que dans le centre-ville les prix sont très élevés, que la périphérie est plus accueillante. C'est vers là que nous filons donc, dans l'espoir de pouvoir trouver à la fois confort et réconfort.

Après quelques heures de marche-visite, nous apercevons enfin une enseigne clignotante où est inscrit « Motel ». Une oasis dans le désert urbain. La réceptionniste nous donne les clés de notre chambre, que nous devons payer immédiatement. Encore une fois, Yves m'invite sans même me demander quoi que ce soit. Il m'explique qu'avant de partir, il a tout de même pris contact avec une amie à lui – une ancienne actrice qui n'avait pas vraiment percé dans le milieu – qui était venue ici pour vivre tranquillement sa retraite, et il voulait la rejoindre. Je soupçonnais un amour de jeunesse, ou quelque chose comme ça. Elle vivait à Guatemala City. Entre les lignes, cela voulait dire : «Petit Alain, nous n'en sommes qu'au début du voyage».

Nous passons une première nuit tranquille, et la fatigue nous emporte rapidement ; nous nous endormons au son de banjos qui résonnent pas loin de là, la fenêtre ouverte laisse doucement entrer la nuit mexicaine dans notre chambre.

Au réveil, je suis seul. Yves n'est pas là. Il m'a laissé un mot : « Mon petit Alain, je suis allé faire un tour ». En fait, à partir de ce matin-là, je ne le reverrai jamais ; peut-être est-il rentré plus tard, et je n'étais plus là. Nous serions-nous ratés ? Il parait que c'est comme ça, des fois. Que ça se joue à pas grand chose, et on fait passer ça pour une incompréhension. Dans une sorte d'élan désespéré, seul à l'autre bout du monde, je prends mon stylo et j'écris à ce bon vieux François, resté à Paris. Je lui raconte tout ce que j'ai vu, ce que je fais et ce que je compte faire : en mémoire de notre discussion, je lui (me ?) promets d'aller jusqu'aux pieds des pyramides mayas, quelque part, et d'en ramener des souvenirs. S'il y a bien un endroit inspirant sur toute la terre, ce doit être celui-là. Dans certains livres, on dit que c'est là que le soleil se lève, à cet endroit précis, qu'il est guidé par la cime des temples et des arbres pour faire sa traversée du ciel. Il suit une sorte de chemin défini par les hommes. Il part d'est en ouest, et son mouvement provoque même le vent. Il y a un peuple, je crois, qui dit que le soleil roule sur la voute céleste, et que c'est ce même roulement qui fait le vent, les tempêtes et les ouragans. Tout cela ne demande qu'à être vérifié, et je me sens devenir ce scientifique de l'existence. Après tout, je suis né dans le désert.

Près de la poste, je comprends qu'il y a un appel pour aller jusqu'au Nicaragua. Les grandes forêts du Nicaragua. Ma lettre est prête, elle part à la poste mexicaine, et j'ai assez peu d'espoir qu'elle parvienne à son destinataire. D'un bond, je me précipite dans le bus ; il m'est impossible de payer mon billet, mais j'arrive à faire comprendre au chauffeur qu'une fois sur place, un courrier avec de l'argent m'attendra et que je pourrais régler la somme nécessaire au voyage. Car de toute façon, c'est bien comme ça que tout cela fonctionne. On ne peut rien traverser sans jamais payer ; il faut que la taxe de passage soit acquittée lorsque l'on passe une frontière, sinon on devient hors-la-loi et c'est le territoire lui-même qui ne veut plus de nous. Nous devons obéir à cette loi. C'est ce que m'avait dit le taxi, une fois. Et, pendant toute la semaine que va durer le voyage en bus, je prie très fort que François reçoive ma lettre. Et me fasse parvenir un mandat, dans un guichet, là-bas, au beau milieu du grand Vert.

Sur le trajet. Des cailloux viennent frapper le dessous du bus.

Le bruit métallique de la pierre. Un beau paradoxe. Parfois, si l'on jette un caillou assez fort contre une plaque de métal, il fera une grande bosse, peut-être même un petit trou, mais jamais au point de passer à travers.

Des craquements de ferraille retentissent. Le chauffeur conduit depuis longtemps maintenant. Il maintient son géant de fer sur un chemin sinueux, à flanc de montagne. Il n'y a la place que pour un seul véhicule.

Nous traversons des panoramas bien distincts : des ravins aussi anciens que profonds, dont la légende dit qu'il s'agit du lit des dieux géants ; des forêts denses et infinies ; au détour d'un virage, nous voyons des fois l'océan calme et silence, ou des sommets enneigés majestueux. Des corbeaux volent et nous surveillent ; ils disent et prédisent par leurs croassements, et chantent aux dieux ce que devra être notre sort.

(Je suis rentré et Alain n'était plus là. La maison était complètement vide, ses affaires avaient disparu. Plus aucune trace de lui. Sur la table, les quelques mots que je lui avais écrit étaient toujours là. Il les avait lus. Je le savais puisque la feuille n'était pas dans le même sens quand je suis parti. Je ne sais pas du tout où il est parti ; lui qui avait si peur d'être seul, le voilà maintenant dans un pays qu'il ne connait pas, et dont il ne parle même pas la langue. Je ne sais pas comment il va se débrouiller ; il n'a même pas d'argent. Il disait qu'il voulait écrire son livre ici, et aller voir en vrai les pyramides mayas. Il compte beaucoup dessus pour s'en sortir. Dans l'avion, il n'a parlé que de ça ; de ça et de François. Rien sur Dina. Je crois qu'il est en train de se remettre en question, de remettre toute sa vie en question. Comment réagit un homme qui se rend compte, au bout de tant d'années, qu'il a fait fausse route tout au long du chemin ? J'espère que je le reverrai, ce petit Alain ; celui avec qui j'ai bossé et qui a tant apporté aux nuits parisiennes et à la Fête. Dionysos en personne doit s'inquiéter. C'est réellement quelqu'un de bon. Il est juste perdu, ses repères ne sont pas les mêmes que les nôtres. Il est le seul qui puisse les connaître. Je le recroiserai à Paris certainement, bronzé, avec son livre à la main.)

Chapitre 33

Être seul, loin de soi

Presque une semaine plus tard. Nicaragua. Sur le bord d'un lac. Le temps accélère, les nuages défilent.

PACA. – Merci encore, madame. C'est très gentil de m'avoir prêté ce si bel endroit. C'était inespéré pour moi de me retrouver ici. Il faut gagner sa place, et c'est dur.

LA DAME. – De rien mon petit Alain, tu me rappelles mon fils. Il est parti d'ici, lui aussi, un jour, pour la ville, il voulait faire des études. Il voulait réussir, mon fils, réussir là où nous, ses parents, nous n'avions pas réussi. Je ne l'ai plus revu depuis des années maintenant. Tu me rappelles mon fils, Alain, tellement mon fils. Tu peux rester ici autant que tu veux, tu as tout ce qu'il te faut dans cette petite cabane.

PACA. – C'est gentil, madame. J'espère que vous reverrez votre fils. J'en suis sûr, même. Cette maisonnette est vraiment très jolie et me convient parfaitement. La vue est magnifique. Je n'ai jamais vu un seul lever de soleil de ma vie ; et maintenant il va se lever juste ici, devant moi, tous les matins jusqu'à ce que je décide que c'en est trop. Il me suffira de regarder à travers la fenêtre pour voir que je ne suis pas en train de rêver.

Un temps.

PACA. – Imaginez si le soleil décidait de ne plus se lever. Un jour, il n'est pas là, il ne vient pas.

LA DAME. – Il n'y a pas un soleil en réalité, mais deux. Tu

ne peux pas le savoir parce que tu viens de la nuit et tu ne peux pas t'en rendre compte quand tu ne vois pas le soleil. Mais il y a bien un soleil qui se lève, celui du matin, rouge et chaud ; et celui de l'après-midi, jaune et plus frais, qui vient se coucher derrière les montagnes, là-bas. Selon les saisons, ils changent de place. Il y en aura toujours un qui sera là, pour nous.

PACA. – Je ne le savais pas, je ne l'imaginais pas.

LA DAME. – Deux fois dans l'année seulement, il n'y a qu'un soleil dans le ciel : le jour le plus chaud, c'est le soleil du matin qui brille et brûle tout entier ; le jour le plus froid, il laisse sa place au soleil de l'après-midi. Peu de gens le savent. Mais c'est comme ça que ça marche, et depuis toujours. Depuis que les dieux les ont accrochés là-haut.

PACA. – Personne ne me l'a jamais dit. Et je ne l'ai jamais lu quelque part, dans aucun livre.

LA DAME. – Il n'y a pas besoin de lire des livres, il suffit de regarder dehors. Et de lire ce qui est écrit dans ce que tu vois. Le monde contient toutes ses vérités propres ; alors pourquoi aller les chercher ailleurs ? Si tu regardes, tu vois ; si tu écoutes, tu entends. Et si tu apprends de ce que tu vois et de ce que tu entends, alors tu connais. Un livre n'est jamais que du papier sur lequel sont griffonnées quelques irréalités.

J'ai enfin trouvé un endroit où commencer à écrire. Au beau milieu de cette nature tranquille, j'allais avoir tout le temps nécessaire pour poser mes idées sur le papier, créer des personnages, un décor, mettre tout ce petit univers en mouvement. J'avais eu grandement le temps de penser à cette mise en place. Je voulais créer un lieu symbolique, ce genre de lieu qui ressemble au monde entier, mais contenu dans espace restreint, commun, que l'on connait tous. Par exemple, les quais de métro. Ce genre de truc. J'avais en tête une station-essence désaffectée aussi, où un mec viendrait régler ses comptes, et son ex-femme l'aurait suivi avec un flingue pour lui régler son compte à lui. Et d'autres gars, des gangsters, arriveraient parce que c'est leur endroit de deal. Finalement, j'ai plutôt choisi un hangar. Le genre de hangar qu'on trouve sur les quais de Seine, complètement abandonné. Enfin, abandonné par la société normale. Et du coup, personne ne sait vraiment ce qui s'y passe. Parce que le soir, il s'y passe des tas de trucs. Des mains qui s'échangent des petits sachets, des billets ; des gens qui donnent des billets et qui partent se cacher dans l'ombre, là où il fait encore plus nuit, poussent des petits cris, et remettent ensuite leurs vêtements avant de partir, honteux mais comblés. Je voulais parler de cet endroit, et y faire s'y rencontrer des gens qui n'auraient aucune raison de s'y rencontrer. En fait, ce hangar serait un lien entre eux, leur seul point commun. Un mec vient là pour chercher de la drogue, un autre vient avec sa femme pour vendre sa voiture – ils ont besoin d'argent, il est malade et ils n'ont plus d'argent pour assumer les dépenses médicales –, un autre mec, un jeune, ramène une fille qu'il veut baiser. J'ai commencé à écrire la vie du type qui vient chercher sa drogue ; c'était assez facile. J'ai décidé que ça allait être mon personnage principal, sûrement parce que c'est le premier que j'ai posé sur le papier. Aussi, parce que c'était pour moi le plus facile à écrire. Je vivais dans le corps de celui qui allait me servir d'exemple.

Ce qui était bizarre, c'était de décrire la ville alors que mon paysage quotidien était tout vert. Boisé. Une forêt qui s'étend à perte de vue et qui serpente et suit le mouvement doux des collines. Devant moi, un grand lac se repose toute la journée et frissonne parfois, lorsque le vent se lève. Aucun bruit, pas même celui de l'eau. Rien. Une sorte de paradis terrestre. La femme dont je suis le fils d'adoption vient parfois me rendre visite, me demander si tout va bien. Je lui réponds que oui. Je n'ose pas lui dire qu'elle ressemble, elle aussi, à ma mère. Je prends parfois le temps de descendre au village un peu plus bas, histoire de lui faire des courses et d'acheter des pâtisseries de là-bas. J'en profite pour aller dans la boutique où arrivent les messages en provenance d'autres pays. Il n'y a rien eu pour moi jusqu'à présent et je crois que François m'a oublié. Ou alors le courrier n'est pas encore arrivé. Voilà maintenant près de deux mois (un peu moins) que je suis en Amérique du sud, et un peu plus de trois semaines que je suis précisément dans cette cabane. Je crois que le village s'appelle Mateare ; en tous cas, ce n'est pas très loin de Managua. C'est une grande ville, très belle, avec une folie assez douce. Tout le monde ici ne vit que par le *Lago de Managua*, ce grand lac qui est presque une divinité à lui tout seul tant il est nécessaire à la vie ici. La température est assez chaude. Mais je crois que le pire c'est les moustiques. Je n'ai jamais eu autant de boutons quand je me réveillais, à Paris.

Un matin, j'ai reçu un courrier. Une belle lettre, abîmée par le voyage, mais en un seul morceau. Par quel miracle peut-on retrouver quelqu'un, au fin fond du monde ? Malgré tout, j'étais très content. J'ai tout de suite reconnu l'écriture qui était sur l'enveloppe. C'était celle de François. J'étais comme un gosse. Surexcité. Il m'avait aussi envoyé quelques billets, qu'il avait pris soin de faire changer pour ne pas que je perde la moitié de la somme à cause des taxes. Et puis il y avait sa lettre, avec ses mots. J'avais l'impression que je le retrouvais un peu. Quelques larmes ont coulé, toutes seules, et je me suis senti complètement seul, à l'autre bout du monde. Isolé de tout ce qui avait été ma vie. Ce qui me rassurait, c'est que j'avais désormais la possibilité financière de rentrer quand je le souhaitais. Mais ça faisait longtemps, tout ça. Ça me semblait loin, comme une autre vie, précédente ; pas comme une vie entamée.

« *Mon petit Alain,*

Ces mots venus d'un autre pays me font du bien. Je crois que c'est l'effet du voyage : chaque parole prononcée, au loin, prend de l'élan et de la force, et quand elle arrive à son destinataire, elle est plus puissante et nous percute de plein fouet. C'est une sorte de pouvoir. Je te remercie de me donner ces visions du Nicaragua, ce pays magnifique où tout semble se mélanger naturellement. Je suis content de savoir que tu es bien arrivé, et surtout, que tout va bien.

Je te souhaite de mener à bien tes projets. Je crois sincèrement en toi, et je sais qu'au fond de toi tu tiens quelque chose de fort. L'exprimer, à travers un art – quel qu'il soit – prend du temps ; ce n'est pas à toi que je vais apprendre ce qu'est l'écriture. Il faut apprendre, et s'imprégner, s'approprier, avant de pouvoir espérer faire un texte qui soit digne de ce nom. Tu es un observateur hors pair, et ton talent d'écriture a déjà fait le tour de Paris. Je ne me fais pas de soucis pour toi ou ta plume ; vous allez très bien ensemble. Si tu as besoin d'un relecteur, je serais ravi de pouvoir t'aider.

J'ai maintenant quelque chose de plus personnel à te dire. C'est à propos de Dina. Quand tu es parti, elle t'a cherché dans toute la ville, pendant des nuits et des nuits. Elle a fouillé tous les endroits possibles, en croyant que tu te cachais, ou que quelque chose t'étais arrivé. Elle s'est fait du souci pour toi. Au bout d'une semaine elle est venue jusqu'à chez moi, car elle pensait que tu étais avec moi, et que tu l'avais abandonnée. Je venais de recevoir ta lettre, elle l'a lue, elle s'est mise à pleurer. On a parlé un peu, passé une bonne partie de la soirée ensemble. En partant, elle m'a dit qu'elle t'aimait, que tu étais la seule chose bonne de sa vie, que tu étais gentil et que c'était le plus important pour elle. Personne n'avait jamais été gentil avec elle. Sauf toi.

Quand tu reviendras ici, n'oublie pas de venir me voir. Je t'envoie en plus un peu d'argent, pour que tu vie soit plus agréable. N'hésite pas à le dépenser. Garde ce qu'il faut pour rentrer. Il y a au moins deux personnes qui t'attendent ici.

Depuis une nuit, énième nuit parisienne, depuis la profondeur amère des rues,

Ton François »

Chapitre 34

Voir, enfin

En me promenant dans les petites rues du village, je me suis rendu compte que pendant la journée, il n'y avait pas grand monde qui sortait. Peut-être bien que les gens travaillaient tous dans les champs qui encerclaient les habitations, et ils n'avaient pas le temps de se consacrer à autre chose. Pour le coup, au milieu de cette solitude en plein jour, le dépaysement que je recherchais était bel et bien présent. Je crois que c'est à ce moment-là, que j'ai compris que j'étais loin de chez moi. J'avais l'habitude de partager la rue avec une foule énorme, dense, épaule contre épaule ; et il m'était jusqu'alors inconcevable de se sentir aussi grand, aussi présent, que ce que je pouvais être ici. J'avais le choix d'aller, à loisir, d'un côté ou de l'autre du trottoir, marcher vite ou lentement. Je pouvais m'arrêter en plein milieu, devant la vitrine d'un magasin de thé, sans risquer de me faire bousculer ou insulter par un citadin énervé. J'avais pris l'habitude de vivre pressé.

Au détour d'une déambulation hasardeuse, j'aperçois une boutique qui ne payait pas de mine, mais qui visuellement attirait mon regard. Le panneau de la devanture précisait quelque chose en espagnol que je ne comprenais pas exactement (malgré des jours et des jours de pratique), mais en y regardant de plus près, je me rends compte qu'il s'agit d'une sorte d'herboristerie avec un soupçon de «spiritual». J'hésite à entrer, curieux de confronter le charlatan à l'intérieur ; je pousse doucement la porte et je rentre, pour voir à quoi ressemble l'intérieur. À Paris, on trouve ces mecs-là un peu partout ; la jet-set raffole de ce genre de numéros, mais je n'ai jamais vraiment cru au mysticisme venant de ces personnes. Il y a beaucoup de mecs, surtout en soirée, qui se prennent pour des alchimistes ou des magiciens avec les plantes. Mais en réalité, c'est juste des types qui cherchent à prendre le plus d'argent possible à celui qui se trouve face à eux, et qui est prêt à tout leur donner pour un peu de bon temps. Cette fois-ci, ça avait au moins l'air d'être officiel, bien qu'un peu louche. Que ce soit à Paris, ou à l'autre bout du monde, les trucs louchent ne me font pas vraiment peur. Et puis, je n'ai pas grand chose à perdre.

En train de déambuler au milieu des étagères poussiéreuses et à moitié vides – des plantes séchées, différents types de fioles et autres flacons, des poudres de toutes les couleurs –, je croise un mec assis derrière un comptoir. Il est en train d'écraser lentement des plantes avec un pilon, en murmurant de manière imperceptible ; il n'a même pas levé la tête pour me regarder. Il laisse simplement échapper un petit « Ola » et je soupçonne immédiatement un accent américain. Je feins de m'y connaître – je ne suis pas du tout crédible –, je regarde un peu partout dans la boutique : les morceaux de végétaux qui sont en train de sécher, sans bruit, m'intriguent. L'homme se décide enfin à lever la tête, me fait un sourire et me demande ce que je recherche. Je lui fais comprendre que l'espagnol et moi, nous ne sommes pas encore habitués l'un à l'autre. Je tente quelques mots en anglais : « I am looking for something ... headaches », en montrant ma tête. « Oh, really ? ». C'est bon, on va pouvoir discuter en anglais.

PACA. – « Je pensais pas trouver quelqu'un qui pouvait parler anglais ici. »

CHAMAN. – « Je suis américain, ça tombe bien ! Je suis de Los Angeles, tu connais Los Angeles mon pote ? »

PACA. – « Bien évidemment, tout le monde connait Los Angeles ! Mais qu'est-ce que tu fous ici, au milieu de nulle part ? »

CHAMAN. – « Je suis venu parce que, comme tout le monde, je cherche ; et il m'a fallu voyager pour trouver. »

PACA. – « C'est vrai. Et t'as trouvé ? »

CHAMAN. – « Ça mon ami, je n'en sais rien du tout. Comment le savoir ? »

Un court silence. Les regards parlent.

CHAMAN. – « Bon, pourquoi t'es là mon frère ? Je veux dire, pourquoi tu es vraiment là ? »

Je crois que je suis démasqué. Perdu au milieu de ce désert exotique, il y a en fait des tas de choses qui me manquent. L'alcool, on peut en trouver assez facilement et c'est d'ailleurs intéressant de voir que chaque civilisation, peu importe l'endroit où elle se trouve sur le globe, a réussi à trouver le moyen de faire de l'alcool et de s'enivrer malgré toutes les contraintes. Les gens, aussi, mes amis je veux dire, ceux avec qui j'avais l'habitude d'être et de m'amuser. La solitude est vraiment une princesse qu'on ne peut pas fréquenter trop longtemps ; même si c'est un luxe on ne doit pas s'y habituer. Et puis, je dirais pas que c'est la drogue qui me manque mais plutôt les visions qui venaient avec elle. Je me rappelle vaguement de la femme qui m'avait annoncé mon avenir, quand j'étais jeune ; j'aimerais voir la suite de ce film, duquel je suis tout de même l'acteur principal. C'est ce que je demande au mec en face de moi, un chaman qui m'apparaît de plus en plus comme étant lui-même un ancien junkie qui se prend pour un alchimiste New Age.

PACA. – « Je cherche mon chemin tu vois, ce que je dois faire, vers où je dois aller. J'ai besoin de voir. J'ai besoin de voir vers où me dirige ma vie, et vers quelle direction je dois me tourner. »

CHAMAN. – « Reviens ce soir mon frère. Quand il n'y aura plus aucune lumière. »

Quelques heures plus tard.

En attendant de retourner voir le gars, j'ai continué mon tour de promenade pendant toute l'après-midi, et je prends le temps de regarder le jour tournoyer dans le ciel. Une fois la grande lumière du monde tamisée, je reviens vers la fameuse boutique pour voir ce qu'il allait me réserver. Je n'avais aucune idée de ce qui m'attendait mais je savais que ce serait une expérience de plus. Rien n'est jamais vraiment perdu, au fond, sauf quand il n'y a plus aucune photo de vous ; la définition de l'oubli c'est quand votre nom ne dis plus rien à personne. Mais on en n'est pas encore là. Je frappe, je tente d'ouvrir. La porte est fermée ; je frappe encore, un peu plus fort et après quelques longues secondes, la serrure remue. Il ne m'entendait pas, depuis le fin fond du magasin. Ses vêtements ne sont plus les mêmes, il est pieds nus, porte une sorte de toge à motifs géométriques, et de gros bracelets en bois aux poignets. Une tenue de rituel, un truc comme ça. Il ressemble à ces prêtres solaires qu'on voit sur les livres d'histoire, dans la rubrique des cérémonies sacrées. Je dois dire que ça lui va plutôt bien. D'un geste, il m'invite à le suivre ; nous traversons tout le magasin jusqu'à l'arrière-boutique, une marche assez longue ; une porte est là, derrière un épais rideau ; nous prenons le long couloir qui s'offre à nous (le magasin n'avait pas l'air si grand vu de dehors ?), et puis nous nous arrêtons devant une porte ; pourquoi celle-là plutôt qu'une autre ? Il sort un autre trousseau de clés, et sans dire un mot, ouvre la porte.

La chaleur était étouffante. Littéralement. Je tousse. En réalité, c'était une sorte de sauna. J'avais déjà entendu parler de ça dans la région, les indiens d'ici ont l'habitude de monter des genres de tentes dans lesquelles ils s'installent, prennent des champignons, et font ensuite brûler de l'eau sur des pierres chaudes pour que la vapeur fasse monter la température du corps. Et après, ils *tripent* toute la journée. Et c'était bien ça qui allait se passer ; au centre de la pièce, dans un bac en bois, une vingtaine d'énormes galets reposaient sur des braises vivantes. L'atmosphère humide s'appuie sur moi comme pour m'abattre. Chaude. Désagréable. Le chaman, sans que je m'en aperçoive, avait mis sur sa tête un masque en bois, qui représentait une sorte de soleil stylisé. Il me dit que je dois me mettre en sous-vêtements, pour ne pas que mes habits interfèrent avec les esprits ; je m'exécute. Je dois aussi enlever mes lunettes. J'hésite, et finis par les poser avec mes affaires. Il m'explique que les habits sont des choses matérielles, qu'ils représentent un corps artificiel qui cache le corps naturel et que les lunettes empêchent d'avoir la *vision* et que je dois garder au maximum les yeux ouverts pour voir toutes les choses. Il me tend ensuite un bol avec un liquide à l'intérieur, et me demande de le boire pour lancer le rituel. J'hésite quelques secondes, mais en bon junkie, je bois la substance. Et pendant que je bois le liquide – visqueux, amer et déguelasse ; des morceaux d'herbes se collent sur ma gorge et me brûlent, mon estomac prend feu et se retourne, un effluve d'alcool remonte mon système nerveux et - pendant que je commence à trembler - mon sang s'arrête complètement de circuler, et je plonge. Je capte le geste du sorcier qui jette de l'eau sur les pierres et les arrose abondamment, jusqu'à ce que toute la pièce soit dans une sorte de brouillard moite et blanchâtre. Il se dirige vers la porte,

CHAMAN. – « Profite bien du voyage, mon frère. »

puis il sort et me laisse seul. De longues minutes arrivent au galop, pendant lesquelles le temps m'apparaît comme désagréable, et je m'engueule avec lui. Je sens que quelque chose cogne le sol, c'est moi ; plusieurs versions de moi qui frappent, comme un millier de chevaux au galop. Physiquement, je suis au bord de la rupture, mon estomac me fait un mal de chien, mon corps transpire abondamment, toute l'eau s'échappe de ma peau ; je sèche, mon cœur est sur le point d'éclater – ça y est. Vit-on sans coeur accroché ? C'est peut-être lui qui frappe la terre, et qui veut ouvrir le monde. Posé sur le sol, face contre terre depuis la première gorgée, plus rien ne me retient. Je ne m'appartiens plus. Perdu au fond de quelque chose d'inconnu (moi-même ?), je ne sens plus mes jambes. Ni aucune de mes extrémités. Mes doigts sont comme du coton. Je crois que quelques larmes ont coulé de mes yeux ; qu'est-ce que je fais, à boire du poison à l'autre bout du monde ? La lucidité est vraiment la plus belle des déesses.

J'arrive dans un monde bizarre. Tout marche par flash, je vois beaucoup de choses mais ça ne dure pas longtemps. Je regarde une télévision où se déroule toute ma vie, parfois c'est en noir et blanc et puis ça change de chaîne, souvent je n'arrive pas à garder une image fixe ; je vois ma mère, je la trouve belle, elle sourit, je crois que c'est pour moi et puis ça change et je vois une sorte de géant aux yeux clairs marcher avec moi, dans le désert, sur la route de l'opium ; j'arrive au Mexique sur un grand condor doré, il est gigantesque, il me dit qu'il vient d'un pays qui ne s'éteint jamais et qui est tout vert, comme la terre elle-même, il me dépose et je continue ma route ; un frisson me prend, dans le monde réel je veux dire, je tombe dans un tourbillon, aspiré, j'ai envie de vomir, et puis d'autres images ; je revois l'intérieur du Palace, mon siège n'est plus là, à la place il y a un trou béant - le vide - pourtant la musique continue, la fête continue et les gens parlent de moi, à côté j'hurle et je crie et personne ne me répond ; je vois Dina passer sur scène, elle chante je crois, elle chante bien, sur ses bras il y a des seringues qui pendent, et des filets de sang ruissellent jusqu'au bout de ses doigts, je veux lui crier d'arrêter, que c'est dangereux, elle ne m'entend pas : ma voix est éteinte, il n'y a plus de son, plus aucun son, plus aucune parole, seulement un silence angoissant ; mon cœur fracasse le plancher de la salle de rituel, je continue de tomber, il n'y a rien pour me rattraper, pas une branche, pas même une main tendue, rien, alors je tombe, et aspiré par un prisme de couleur, ma tête tourne et tourne encore ; tout est noir d'un coup, je suis allongé sur de la terre, un chemin de terre ; je me lève et regarde autour de moi, de la verdure de partout, des feuilles et des arbres gigantesques, je ne savais pas qu'il en existait d'aussi grands, et une voix qui vient de quelque part – du ciel peut-être, ça résonne fort – qui me dit de me lever et d'avancer, de poursuivre sur ce chemin ; difficilement je progresse, nu, dans la végétation abondante et inhospitalière, et au bout du chemin, tout au bout du chemin, il y a deux pyramides, immenses, un soleil figé plonge entre les deux édifices, je sais qu'il plonge mais il ne bouge pas, il est là et attend, jaune, que le monde reprenne sa course ; je cours vers les deux pyramides, et je monte sur la première qui croise mon chemin, je me précipite à son sommet, ça me prend des heures et plus je monte, plus le sommet est haut, et une fois finalement que je suis en haut, le chaman est là et me parle, à travers son masque, il me raconte d'où vient le monde et où il va, d'où vient le soleil et qu'un jour il décidera de ne plus se lever ; que la lune est elle aussi un soleil mais que c'est un secret bien gardé, que la lune est un miroir de la vérité et que la vérité se trouve là où se lève la lune. J'ai soif, énormément soif, il me pousse du sommet de la pyramide et je tombe, pendant des heures, avant de me réveiller et d'ouvrir les yeux

sur le sol du monde réel. Les pierres ne sont plus chaudes. Je suis allongé sur une énorme flaque d'eau, je crois que je me suis pissé dessus ; je dois être complètement déshydraté. Le temps de reprendre mes esprits, l'homme entrouvre la porte et vient m'apporter un verre d'eau.

CHAMAN. – « Est-ce que tu vas y voir plus clair maintenant ? »

Chapitre 35

Exilé

Quelques semaines plus tard.

Quelques histoires plus tard.

Après des recherches sur les sites touristiques du coin.

Devant deux grandes pyramides.

ALAIN PACADIS. – Je suis enfin au pied des pyramides. J'ai mis le temps pour y arriver, mais me voici à l'endroit où je voulais être, et surtout, où je devais être ; tout est calme et bleu, le ciel est ouvert sur un autre monde que j'ai entrevu mais que je connais pas précisément, c'est comme dans le reflet de l'eau chez les Arabes, on dit que c'est la vision du paradis, qu'il se reflète dedans et qu'elle s'offre à nous seulement ; si c'était aussi facile, ça se saurait ; il n'y a pas d'eau au pied de ces deux grandes pyramides, et l'océan est beaucoup trop lointain, pourtant on devine qu'en montant au sommet, il doit se passer quelque chose en rapport avec le paradis : je ne dis pas l'atteindre, attention, ça doit être impossible de l'atteindre comme ça, aussi simplement ; tout le monde essaie mais personne n'y arrive, j'en suis sûr parce que quand on nous montre le paradis, c'est un endroit tout blanc et vide ; pas une empreinte par terre, pas un grain de poussière qui traîne, comme un appartement dans lequel on ne met jamais les pieds. Tout est propre, tout est trop propre et je trouve ça bizarre ; je pense plutôt qu'en montant tout en haut, c'est le soleil qu'on doit pouvoir attraper, enlacer, embrasser, en essayant de ne pas se brûler parce qu'il y a toujours un revers de médaille quand on y regarde bien, sur une pièce il y a bien deux faces – pile et face – et le soleil a une lune qui l'accompagne partout ; le soleil lui-même se dédouble, c'est la femme qui m'héberge qui l'a dit, donc c'est sûrement pour ça qu'ils ont fait deux pyramides distinctes mais l'une à côté de l'autre, parce que l'une a besoin de l'autre et qu'en même temps, elles ne sont pas la même entité, la même chose, elles sont deux facettes d'une même chose ; je vais devoir monter sur l'un des sommets, en espérant que ce soit le bon que je choisis – y a-t'il un bon choix que l'on puisse faire de manière aveugle ? Tous les bons choix sont aveugles –, le bon sommet, la bonne hauteur : assez près pour toucher mais assez loin pour ne pas me brûler. Je vais devoir monter. Aller là-haut. Je ne sais même pas si ma condition physique me le permet. Je suis très fatigué. Je porte beaucoup de souvenirs en moi, au fond de moi, et c'est lourd. Marche après marche, il va pourtant falloir monter pour voir si ce que j'ai cherché au fond du désert, en bas des marches, en haut des immeubles, au fond des rues, ou dans les boîtes de nuit ne se trouve pas là, simplement là, posé sur le sol, comme une pièce qu'on fait tomber sur le sol et que quelqu'un ramasse ensuite, en passant derrière nous – sans nous dire qu'on l'a perdu. Il sera bientôt l'heure de monter, l'heure précise de gravir les marches de ce temple oublié, au fond d'une forêt silencieuse, endormie, mystérieuse.

Après un temps, et un regard adressé au sommet d'une des deux pyramides, Pacadis s'élance doucement à l'assaut des marches qui mènent à la pointe, en hauteur.

J'ai passé quelque temps là-haut, peut-être deux heures. Je n'ai entendu aucune voix, et je n'ai vu personne. Le vent balayait les cimes comme à son habitude, et la tranquillité uniquement vivait là-haut. Seulement la sensation que la lumière était plus chaude au sommet, plus douce. Ce n'était pas le même soleil qu'en bas, ça c'est sûr. Et puis surtout, en redescendant on m'a dit sur quelle pyramide j'étais monté ; s'il s'agissait de celle du soleil descendant. J'ai eu cette réponse et cela n'a rien changé, au fond. C'était peut-être une prédiction, comme ont l'habitude de le dire les gens qui vivent ici. Après avoir ressenti cette sensation de liberté partielle, ceinturée par la laisse dorée (avec une légère pointe rosée) de l'astre roi, il était temps de rentrer. De rentrer à la maison je veux dire. Ma vraie maison.

C'est avec l'argent de François que j'ai repris l'avion, après avoir remercié longuement la dame qui avait eu la gentillesse de m'accueillir comme un fils, comme son fils ; j'avais rêvé de ma mère pendant que j'étais ici. Elle me souriait. Et elle me pointait du doigt. Dans un autre rêve, elle était habillée en blanc, et fumait une cigarette alors qu'elle n'a jamais fumé de sa vie. Tous ces rêves étaient consignés dans un carnet, en attendant de trouver un psy parisien assez solide pour supporter mes lamentations. Il fallait aussi que je consulte un médecin pour un bouton bizarre sur la jambe, qui grossissait et tardait à disparaître depuis quelques semaines. Qu'importe. Des heures de piste à travers la forêt, puis une intersection ; on suit la route pendant que le soleil fait sa révolution. Voilà l'aéroport, le taxi déjà me dépose, je prends ma valise dans son coffre et me dirige vers l'embarquement. Un dernier regard vers la cabane plantée au loin, qui a vu naître les bribes d'un livre. Et pourquoi pas, quelques réponses. Trente minutes plus tard, la passerelle entre l'avion et le terminal est en place ; je m'assoie et quelques secousses plus tard, je deviens un grimpeur silencieux tandis que nous traversons l'horizon bleuté.

Je m'endors et les secousses me bercent, c'est maintenant une vieille habitude.

Mes yeux s'ouvrent et mes lunettes filtrent les scintillements du vieux continent. En-dessous, Paris.

Les lumières de la ville apparaissent, et c'est tout à coup un ciel de constellations retournées qui se déploie lentement et qui grossit jusqu'à ce qu'enfin on le rejoigne. On revient plus facilement qu'on s'en va, et je me rappelle tout ce que j'ai détesté en un seul flash. La foule me bouscule en sortant, me voilà bien arrivé ; un taxi, parisien cette fois-ci, attrapé au vol me ramène lentement depuis l'aéroport jusqu'au milieu des bâtiments. C'est une sensation bizarre que de partir puis de revenir comme si de rien n'était ; on aimerait que le temps s'arrête à notre départ, pendant notre absence et reprenne une fois qu'on revient. C'est égoïste de ne rien vouloir rater. Et puis d'un autre côté on panique, on angoisse : on croit que tout aura changé mais rien n'a changé si ce n'est nous-mêmes. J'ai l'impression que le temps que j'ai passé loin d'ici ne pourra plus jamais être rattrapé, que beaucoup de choses ont évolué. Il fait nuit, le voyage en avion a été long et fatiguant. Je rentre directement chez moi, sans aucun détour ; l'appartement est comme je l'ai laissé, vide de Dina mais les photos poussiéreuses de mes parents sont toujours là, figés dans une posture désormais perpétuelle. Je ne sais pas où elle est, et je ne sais pas si elle va rentrer. Elle ne m'attendait pas de toute façon. La nuit me fauche immédiatement, sans prévenir. Je crois que je rêve d'un homme en noir aux yeux luisants, sur un quai, un ponton de bois peut-être ; il me regarde, me pointe du doigt, me sourit et embarque sur un bateau.

Le lendemain matin, je constate que Dina n'est pas rentrée de la nuit. Et tandis que les rideaux laissent passer quelques rayons, je déjeune rapidement et file voir François. J'en profite pour emporter sous mon bras le manuscrit de mon roman, une bonne centaine de pages, que je vais présenter à Amélie. Je suis très heureux de revoir François, dans sa galerie ; il ne s'attendait pas à me trouver là et il saute de joie au milieu de ses tableaux – il a fait également rentrer quelques sculptures en résine, très modernes : des animaux sauvages aux contours ciselés, puissants. Ces retrouvailles me font beaucoup de bien. Je le remercie, des dizaines et des dizaines de fois pour son argent, son soutien, son amitié. Nous parlons du voyage, des projets futurs ; je lui demande des nouvelles d'Yves, mais il n'en a pas. Je ne sais toujours pas pourquoi il m'a abandonné comme ça, au milieu d'un pays totalement inconnu. Je le croiserai sûrement à nouveau, un jour ou une nuit, dans le hasard des fêtes. François me dit que le journal s'est arrêté quand nous sommes partis, le peu d'investisseurs qu'il restait se sont retirés, les ventes ont plongé, et c'est le bateau entier qui a sombré. Concrètement, je n'ai donc plus de travail. Demain est toujours un bon moment pour entamer de nouvelles choses. Il faudra s'occuper de la survie financière plus tard. Après la rencontre avec François, après avoir flâné pendant quelques heures dans les rues et les magasins de fringues, je décide d'aller retrouver mon siège habituel mais abandonné depuis quelques mois. Il est l'heure de se mettre à jour, de voir qui fait quoi, qui est avec qui, et ce qu'on diffuse comme musique dans ces fameux endroits où la nuit ne s'arrête jamais, où elle se prolonge et pour toujours dure.

Un taxi prend Pacadis et s'enfuit dans la ville.

Chapitre 36

Prolonger la nuit et pour toujours la faire durer

Devant le Palace.

Le trottoir de l'entrée est désert.

Alain est seul devant le videur.

En fond sonore, on entend « Promised Land » de Joe Smooth.

VIDEUR. – Bonsoir monsieur.

PACA. – Bonsoir. Je ne vous connais pas, mais j'aimerais rentrer, et reprendre ma place, celle que j'avais quand Fabrice était le patron, à l'époque ; c'est lui qui me l'avait donnée. Il m'avait placé là. J'y tiens beaucoup, s'il vous plaît. C'est important ; il s'agit d'une question de vie ou de mort.

VIDEUR. – Je ne t'ai jamais vu. Je ne sais pas qui tu es. Mais je vois comment tu es habillé, et ça en dit beaucoup sur qui tu es. C'est mon métier de savoir qui se cache sous les vêtements ; moi tu ne peux pas me mentir. Tu ne peux pas te dissimuler parce que peu importe le tissu qui est sur toi, peu importe ce que tu me dis, il faut que tu saches que c'est moi qui décide à la fin. J'ai le pouvoir de te faire passer cette porte ou de te laisser devant.

PACA. – Alors si c'est le cas, si tu es vraiment ce que tu prétends être, tu dois me laisser entrer et notre histoire s'arrêtera là. Il n'y aura pas besoin de donner une suite à cette affaire. J'appartiens à ce lieu comme tu y appartiens aussi. Il n'y a pas de différence entre toi et moi au fond, tu dois bien le voir, puisque tu vois tout, et que nous sommes tous les deux attachés à ce bâtiment ; ce sont simplement les raisons de notre présence qui sont différentes.

VIDEUR. – Nous y appartenons, mais cela ne fait pas de nous des semblables. Nous y sommes au même moment, à côté, proches, mais pas ensemble. Les hommes ne sont jamais ensemble. Même au plus profond de la terre, dans les wagons métalliques, nous ne sommes que des voyageurs dans la même rame de métro qui se regardent et s'observent et attendent un geste de l'autre ; ce sera amical ou une déclaration de guerre, mais jamais rien d'autre que d'un mouvement d'un être à un autre, comme deux roseaux rapprochés par le vent. Parfois ils se percutent ou se caressent.

PACA. – Alors je te le demande comme un individu le demande à un autre individu ; d'un voyageur à un autre, dans la même rame de métro qui nous fait traverser la nuit, comme un service. Ouvre-moi la porte et laisse-moi descendre les marches. Je saluerai tout le monde et je ne causerai aucun problème, à personne. Je commanderai un verre au bar, je prendrai le temps de regarder qui est là et qui ne l'est pas ; et j'irai m'asseoir sur ce siège en feutre rouge qui m'est destiné parce que c'est là que je suis né la nuit.

VIDEUR. – J'ai bien peur que ce ne soit pas possible. Ta place, si elle a vraiment existé un jour, aujourd'hui il n'en reste plus rien. Il n'y a plus aucune trace de toi ici, ni de ce que tu as connu à l'intérieur. Tout a changé, et ce Fabrice, je ne le connais pas et je n'ai même jamais entendu son nom. Le patron aujourd'hui est quelqu'un d'autre ; il n'est même pas ici d'ailleurs, et ne vit pas ici. Ce patron m'a dit de ne pas laisser entrer n'importe qui. Je fais mon travail ici, je ne fais rien d'autre que mon travail. Il faut comprendre cela : il y a certains boulots qui consistent à empêcher d'autres gens de faire le leur. Je fais partie de cette catégorie. Je suis désolé que tu doives te heurter à moi, mais cette porte te restera fermée. Tu n'appartiens plus à cet endroit, ce n'est plus ta vie désormais. Trouves-t'en une autre, ailleurs.

PACA. – Quelqu'un, par une nuit aussi douce et cruelle, peut-il m'empêcher d'entrer ici sans raison ? Donne-moi, mon ami, donne-moi s'il te plait une seule raison valable pour laquelle je ne peux pas rentrer ; si ta raison est bien valable, si elle est bonne, alors je l'accepterai, et je repartirai et tu ne me reverras plus jamais. Sinon je forcerai le passage, et tu devras me frapper, me battre, faire couler le sang, comme lorsque deux hommes, dans la rue, ne sont pas d'accord.

VIDEUR. *(Il prend un temps pour réfléchir)* – Il y a certainement de nombreuses raisons pour lesquelles je peux te refuser l'entrée. Tu dois beaucoup d'argent à l'établissement, tu dois payer pour toutes les fois où tu es venu sans ne jamais rien régler : on ne peut pas passer une nuit, ou une existence, sans régler ce que l'on doit à un moment donné. Ce n'est qu'un exemple. Tes vêtements, aussi, ne sont pas appropriés ; ton pantalon est troué, tes chaussures ne sont pas cirées et ta veste a beaucoup trop de plis. Ce n'est qu'un exemple. Mais je crois que la raison que je te donnerais, si je devais t'en donner une – parce que j'ai aussi le droit de te frapper sans aucune raison –, c'est que tu es seul. C'est un endroit dans lequel on ne rentre pas seul, parce que les gens seuls c'est louche, ça cache quelque chose, c'est pas net. Et toi t'es pas net. Tu viens devant cette porte et tu te présentes seul, sans personne à côté de toi, ou derrière toi, vide de toute compagnie. Je sais d'expérience que les gens seuls ont beaucoup trop de secrets, parce qu'ils ne peuvent les raconter à personne. C'est comme ça qu'on reconnaît quelqu'un de seul. Ils ne s'encombrent pas de présences supplémentaires, parce qu'ils ont appris à vivre comme cela.

Alain prend un temps de réflexion. Il hésite, il esquisse un mouvement vers l'avant, vers la porte, se reprend. Il hésite, commence à repartir dans la rue, s'arrête. Il revient, se place devant le videur, qui ne le regarde plus. Alain prend un temps de réflexion. Il pleure. Finalement, il se retourne et s'en va.

Chapitre 37

Fin de partie

Il y a des jours où vous trouvez un taxi immédiatement, sans lever la main. C'est même eux qui se précipitent sur vous, presque en vous écrasant pour que vous choisissiez leur carrosse. Je ne sais pas pourquoi, ce soir-là, il n'y en avait aucun. Il y avait bien une voiture qui passait de temps en temps. Un bruit de moteur ronronnant qui venait de nulle part avant de s'enfoncer dans le rideau noir des rues. Et puis le silence. Pesant. Dans ces moments-là, il faut écouter le bruit que font nos chaussures, ou notre respiration, ça permet de ne pas avoir peur ; parfois une ombre à un coin de rue apparait et le cœur se met à tambouriner sur la cage thoracique comme quelqu'un qui cherche à s'échapper d'une maison en feu. Mais je suis une ombre, depuis longtemps maintenant, et c'est moi qui fais peur aux gens ; c'est quand on me voit que les cœurs se mettent à battre et à trembler. Ce soir-là, je n'ai croisé personne. Tout était vide, comme délaissé. Pourtant, au bout d'une minute ou d'une heure, à force de jeter mon regard par-dessus mon épaule, j'ai aperçu deux phares ronds qui venaient droit sur moi. L'écriteau « taxi » me fait penser que ce n'est pas une si mauvaise journée que cela. Je lève la main aussi haut que possible. La voiture vint jusqu'à moi, frôle le trottoir et marque l'arrêt. Je comprends que c'est une invitation à monter à l'intérieur. Le chauffeur me regarde en souriant ; ses yeux étincelants comme deux lunes d'argent.

PACA. – Merci de vous être arrêté. C'est difficile de trouver quelqu'un qui accepte de vous ramener. D'habitude je trouve. Ce soir c'était difficile. J'ai l'impression que plus rien n'est comme avant. Merci de vous être arrêté, monsieur.

TAXI. – Il n'y a plus personne dans les rues, de moins en moins, les gens ont peur et ne sortent plus comme avant. Mais je dois continuer à faire mon travail ; parce que c'est ça mon travail : ramasser les gens qui marchent sur le trottoir, et les amener chez eux. Je ne sais rien faire d'autre, j'ai toujours fait ça, c'est ça qui me permet de manger. Alors oui, parfois ça me coûte de rester la nuit, pendant que la plupart des gens dorment, moi je fais le tour de la ville, j'erre dans les rues et je cherche quelqu'un, seul, qui marche sans but. C'est là que la lumière de ma voiture leur indique que je suis disposé à les ramener ; et puis on s'en va comme ça. À la fin ils me paient, et on en reste là. Ce que tu trouves différent ce n'est pas la ville. Il y a moins de gens dehors mais c'est normal : il fait de plus en plus froid dans les rues. La ville est restée la même. Ce qui est différent c'est que certains sont chez eux alors que quand tu étais là, avant de partir au bout du monde, ils étaient avec toi. Vous étiez dehors, ensemble, à faire les cons et à boire toutes les bouteilles qui étaient devant vous. C'est ça qui est différent. Rien d'autre. Ce lien qu'il y avait entre toi, les gens et la ville. Maintenant il ne reste que toi, seul, et la ville, dans laquelle il n'y a plus personne de réveillé.

PACA. – Je suis parti, c'est vrai. Mais je ne comprends pas pourquoi les choses changent. Pourquoi, dès qu'on met un pied en dehors de la maison, les meubles changent de place petit à petit ? Pourquoi devons-nous nous habituer à quelque chose qui sera différent, n'existera plus, un jour, et quand cette chose aura changé, quand cette situation qu'on a tant aimé ne sera plus la même, on nous dit que c'est normal et qu'il faut continuer à faire comme si cela n'avait jamais existé ? On devrait nous dire que les choses se déplacent, un instant elles sont là, puis l'instant d'après plus loin, ou disparues ; cela éviterait de nombreuses questions, et les gens seraient encore plus attentifs à la fête, au présent de la fête. On profiterait de tout.

TAXI. – À qui peut-on bien en vouloir ?

PACA. – À qui précisément pouvons-nous en vouloir ?

TAXI. – Lorsque ça ne va pas dans ma société, que ma voiture n'est pas garée au bon endroit au dépôt, ou que ma paie n'est pas versée à la bonne date, c'est au patron que j'en veux. Parce que c'est lui qui dirige tout ça, qui fait garer ma voiture à la bonne place, et qui fait verser ma paie au début de chaque mois. C'est mon patron qui crée l'ordre. Alors quand il n'y a plus d'ordre, c'est à lui que j'en veux. Personne d'autre n'est responsable.

PACA. – Je ne peux pas en vouloir à mon patron ; je n'en ai pas.

TAXI. – Aucune personne, parmi tous ceux qui foulent cette terre, je veux dire vraiment aucune, ne vit sans avoir de patron. Il faut savoir où chercher, mais tu en as un. Quelque part. Qui fait en sorte que ta vie soit en ordre, organisée, de la manière dont il l'a décidé. Mais il existe. Et si tu cherches vraiment un responsable, c'est lui. C'est à lui qu'il faudra s'en prendre, et à personne d'autre. Je fais ce métier depuis longtemps maintenant, depuis presque une éternité, j'ai commencé il y a longtemps. J'ai entendu beaucoup de gens parler, sur ce fauteuil, exactement à la place où tu es assis d'ailleurs, et beaucoup se sont confessés – un taxi c'est plus efficace qu'un psy –, et beaucoup pensent qu'ils sont seuls. Qu'ils n'ont pas de patron. Qu'ils n'ont pas de comptes à rendre. Alors que tout cela est évidemment faux.

PACA. – Je n'ai jamais eu de patron. J'ai toujours travaillé pour moi. J'ai toujours été mon propre patron, et j'ai toujours décidé pour moi. Seulement, je ne vois pas à quel moment tout a changé, pour moi.

Silence.

Plus tard. Fin de la course.

TAXI. – Maintenant qu'on est arrivé, il faut payer mon ami. Je te l'ai dit, c'est mon métier ; et il faut régler ce que tu dois. Une fois que ça sera fait, tu pourras passer ta porte, monter dans ton immeuble et rester bien au chaud. Personne ne peut partir sans régler ce qu'il doit. C'est une loi entre les hommes ; une loi tacite, qui ne se dit jamais à haute voix mais qui existe, à demi-mots, entre nous.

PACA. – Je ne peux pas vous régler, parce que je n'ai plus rien. Si c'est de l'argent que vous attendez, laissez-moi monter et je vous en redescends ; il doit me rester quelques pièces, quelque part, dont je ne me sers pas, c'était à ma mère, elle les cachait pour plus tard, quand on en aurait besoin. Laisse-moi juste monter ces marches, et tu auras ce que tu veux. Je te le promets.

TAXI. – Il faut me payer immédiatement. Et si tu montais, sans jamais redescendre, et que je restais là, à t'attendre une heure un jour un an, j'aurais perdu à la fois du temps et de l'argent. Pour que tout soit réglo entre toi et moi, et que la rue oublie cette histoire, il faut que tu sortes de ta poche un billet ou deux, pour me remercier de t'avoir rendu service ; sinon, on sait tous les deux que deux hommes qui parlent d'argent, tard le soir, enfoncés dans la nuit froide, eh bien, ça finira par mal se terminer.

Alain cherche dans ses poches pendant de longues minutes.

Il sort tout un tas d'objets – stylos, photos froissées, feuilles griffonnées.

PACA. (en pleurs) – Il ne me reste plus rien.

Le taxi s'approche de lui en remontant les manches de sa chemise.

Chapitre 38

Enfin Pacadis

Dans un immeuble.

Dans un appartement.

Près de la porte.

Des bruits de talons-aiguilles dans la chambre.

Dans la cage d'escalier résonnent des cris, nés de la solitude.

ALAIN PACADIS. – Dina. Dina, dis-moi que tu es là, près de moi, que je ne suis pas seul dans cette nuit qui ne se termine pas. Tu sais, j'ai vu le soleil, une fois, on m'a raconté des tas d'histoires de soleils. Certaines devaient être vraies, les gens y croyaient ; d'autres non. C'est trop dur. Trop. J'en ai marre, vraiment, ce soir. Dina, dis-moi que tu vas sortir de la chambre, habillée, prête à y aller ; que tu seras belle et bien maquillée pour tes clients de ce soir, que je vais te voir une fois de plus, et que je vais retomber amoureux de toi. Viens m'aider. Viens m'aimer, putain ; comme je t'ai aimé la première fois que je t'ai vue, tu dois me le rendre ce soir, c'est comme ça que ça marche. Tu sais bien. Tu me dois ça. On a toujours fonctionné comme ça. C'était notre truc. Je suis rentré pour toi, pour te voir, pour cette vie sans fin qui est toujours la même, toujours à reconstruire. Il y a toujours quelque chose qui manque.

Mon histoire avec François c'était rien dans le fond, un petit rien, insignifiant, comme il y en a des milliers. Je me suis perdu dans ma vie, égaré souvent, j'ai tout le temps fait ce genre de conneries, tu le sais très bien ; j'ai pris des chemins qui me menaient sans cesse dans des impasses. Alors je sais que tu as du mal à me pardonner mais cette fois-ci c'est différent. Je n'ai jamais pensé à quelqu'un d'autre que toi. C'est vrai. Je n'ai jamais espéré autre chose que ce qu'il y avait entre toi et moi. Nous étions distants, parfois, et ça me faisait de la peine de savoir que l'on pouvait repartir chacun de notre côté, comme si de rien n'était. Ç'aurait été recommencer encore une fois. Alors je me suis accroché et raccroché à tout ce que je pouvais : François m'a proposé d'avancer, de faire des choses, d'imaginer des projets. Ça je ne le regrette pas. Je ne me suis pas jeté dans les bras d'un autre homme. Ce n'était pas ça. Je ne voulais pas que tu l'interprètes comme ça. Je t'ai sûrement fait beaucoup de peine à ce moment-là et j'en suis désolé ; un peu de liberté m'a fait beaucoup de bien.

J'arrive plus à me lever. Dina t'es où ? T'es où putain ... Je suis dans le noir, incapable de me lever, à me lamenter comme un gamin. Impossible de me décoller du sol, je me rappelle même plus comment je suis monté jusqu'ici. Tu le sais, toi ? C'est peut-être le mec du taxi, qui m'a déposé là après m'avoir frappé. Il a peut-être trouvé de l'argent dans les tiroirs. Pourquoi on m'a refusé l'entrée au Palace ? C'est quoi cette histoire de nouveau patron, je comprends rien... J'avais l'habitude d'y aller, moi, c'était même comme une deuxième maison, j'ai grandi là-bas, j'y ai mes plus beaux souvenirs, avec mes idoles, avec des artistes et des amis, avec toi. On ne m'a pas reconnu et on m'a refusé l'entrée. Comme si j'étais un inconnu. Alors qu'il s'agit bien de ma maison aussi. C'est comme ici, comme si on me refusait l'entrée d'ici, alors que c'est chez moi. Quand je regarde les photos sur les commodes, je me rends bien compte que c'est chez moi : il y a des photos de mon père, avec des chaussures dans les mains, devant son hôtel particulier, quand il l'a acheté ; des photos de ma mère en jeune mariée ; des photos de nous trois. Si on m'avait interdit d'entrer ici, je crois que je serais mort. Il n'y a plus aucune raison de vivre si on vous empêche de rentrer dans votre propre maison.

Dina ? Je ne suis même pas sûr que ce soit toi, dans la chambre, tu te caches ? Pourquoi tu ne viens pas ? J'entends la commode, tu cherches quelque chose ? Si tu ne veux pas me voir, viens me le dire au moins ; tu m'en veux parce que je suis parti ? Sans te prévenir ? Je ne voulais pas qu'on s'inquiète pour moi, c'est vrai, tout le monde s'est toujours inquiété pour moi, tout le monde me disait de faire attention, que j'étais fragile. Je pense être grand maintenant. Peut-être même vieux. Il y a au moins quatre dizaines d'années que je suis né maintenant, je sais de quoi je parle. Je ne sais toujours pas qui je suis, au fond, un peu mieux chaque jour tout de même, mais je sais de quoi je parle.

C'est peut-être de ça que parlait le taxi tout à l'heure, quand il me parlait de patron. Je n'ai jamais été que mon propre patron. J'ai suivi la lumière là où je la trouvais et c'est ce qui a fait que je suis ce que je suis aujourd'hui. Il a fallu que je descende un nombre incalculable de marches, dans les boites de nuit, pour comprendre en ressortant ce qu'était la lumière. Et puis après être descendu, je suis monté, en haut, tout en haut, là où mène le secret des pyramides. Qui peut en dire autant, aujourd'hui, qui peut dire qu'il a prit l'ascenseur secret du monde, qui mène des sous-sols de la terre jusqu'au sommet des pyramides ? Eh bien, je crois que moi je peux le dire. Et, après avoir vu tout ça, après avoir vécu tout ça, je n'ai toujours pas la réponse à la question que je me pose. C'est quand même fou de se dire que la seule question qui reste sans réponse est de se demander tout simplement, en jetant son regard dans une nuit scintillante : pourquoi ? Il n'y a rien d'autre que ça.

Il pleure.

Il se redresse lentement.

Les bruits de talons partent dans la salle de bain.

Il va dans la chambre et s'allonge sur le lit.

Je suis fatigué de me demander pourquoi, Dina. Il faut que tu m'aides. Je te jure que je t'ai aimé du mieux que je pouvais ; je ne sais pas si c'était suffisant, mais je n'aurais pas pu te donner plus que ce que je t'ai donné. Nous avons tout partagé tous les deux. Je connais ta vie aussi bien que tu connais la mienne. Nous avons même échangé notre sang, comme le fond les indiens autour d'un feu, en jurant de ne jamais s'oublier même dans l'éternité. Je t'ai aimé. Et il faut que toi aussi tu me le prouves, que si tu as éprouvé tout cet amour et cette colère vis-à-vis de moi, il faut que tu me le montres, maintenant, ce soir, à l'heure où tout est arrêté, où la nuit n'attend plus que moi, que je reparte comme avant arpenter les rues, et descendre les marches des temples nocturnes. Allume la lumière de cette grande ville endormie et réveille les astres et les idoles de la nuit ; Dina, c'est la dernière chose que je vais te demander, parce que c'est la seule réponse que j'ai trouvé et que traverser une existence seul c'est déjà difficile alors pour la mort je veux qu'on soit au moins tous les deux, toi et moi, Dina je t'en prie : si tu m'aimes, tue-moi.

Alain place un oreiller sur son visage.

Le claquement des talons vient jusqu'à lui, près du lit.

Le coussin se colle doucement sur sa bouche et l'embrasse.

Quelques larmes étincelantes coulent sur le drap froissé.

Chapitre 39

Le début de l'histoire

Après avoir fermé les yeux, début du roman. Il y a un poème avant le début du texte.

« *J'ai tant rêvé de toi, tant marché, parlé,*

Couché avec ton fantôme

Qu'il ne me reste plus peut-être,

Et pourtant, qu'à être fantôme

Parmi les fantômes et plus ombre

Cent fois que l'ombre qui se promène

Et se promènera allègrement

Sur le cadran solaire de ta vie.

C'était Moi, et j'ai été là – Près de toi

(Presque) Rd ; 19-30

C'était un soir calme, en apparence comme les autres. Il n'y avait pas de bruit dans les rues. Depuis qu'il était parti de chez lui, Alain n'avait entendu personne. Il avait vu des gens, c'est vrai. Il en a croisé des tas. Il a même croisé un taxi qui avalait la route à vive allure. Mais personne ne l'a regardé. Alors, derrière ses grandes lunettes rondes, il a fait comme s'il ne les voyait pas non plus. Il a marché, les mains dans les poches, comme un dandy. Dans la nuit et dans le froid. Une lumière de temps en temps. Des lampadaires, régulièrement. Alain allait chercher quelque chose dont il avait besoin. Il faisait partie d'une époque, et une époque est souvent exigeante avec les gens qu'elle abrite. Alors il faisait son devoir, en quelque sorte.

[...]

Website : https://editionsnemausus.fr

Instagram : https://www.instagram.com/editionsnemausus/

Facebook : https://www.facebook.com/EditionsNemausus

Mail : contact@editionsnemausus.fr

Playlist Spotify associée au roman : https://open.spotify.com/playlist/6Zn8MJEP0o5obiL4xtmn7t

Ouvrage réalisé pour les Éditions Nemausus

Dépôt légal : septembre 2022

Made in the USA
Coppell, TX
03 October 2022

83983112R00154